지금은 살림력을 키울 시간입니다

지금은 살림력을 키울 시간입니다

나를 정성스럽게 돌보고 대접하는 힘

금정연 / 모호연 / 송지현 / 신예희 / 윤덕원 / 이랑 / 임진아 / 정용준 / 홍상지 지음

곰곰

나만의 살림을 시작할 여러분, 이리 모여 봐요!

문해력, 수리력, 암기력, 추리력…

다 좋은데요, 삶의 기본은?

나와 우리를 살리고 돌보는 힘, 살림력!

살림력이 있으면

어느 날 갑자기 집 밖으로 외출이 어려워져도

세상이 눈 깜짝할 사이에 변해도

쾌적하고 안락한 일상을 유지할 수 있습니다.

혼자 살아도 함께 살아도

조금은 더 풍성한 삶을 경험할 수 있지요.

인생의 돌부리에 걸려 넘어졌을 때

더 가뿐하게 회복 탄력성을 얻을 수도 있답니다.

당신이 초보 살림러여도, 어지름 요정이어도,

천하제일 똥손이어도, 우당탕탕 파괴왕이어도 괜찮습니다.

페이지를 넘길 준비가 되셨나요?

"일단 살림해 보세요!"

차례

 **정용준**

소설가. 몇 권의 소설책을 출간했다. 서울예술대학교 문예창작과에서 학생들을 가르치고 있다. 손과 발을 움직여서 하는 일들을 좋아한다. 잘하고 싶은 것은 살림. 계속하고 싶은 것은 읽기와 쓰기다.

별것 아닌 것 같지만 도움이 되는, 두부

이상한 밤을 위한 사용법

이상한 밤이 찾아올 때가 있습니다. 그 느낌은 다음과 같아요. 일단 힘이 듭니다. 슬프고 우울합니다. 속이 상하고 자존심은 무너지고 억울하다는 기분에 자꾸 눈물이 납니다. 우는 게 짜증이 나서 손등으로 눈가를 훔치고 인상을 찌푸려도 눈물은 멈추지 않습니다. 마음이 어둡습니다. 답답합니다. 숨을 길게 내쉬어도 답답함은 빠져나가지 않습니다. 아무것도 할 수 없고 하고 싶지도 않습니다. 가만히 있는 것도 어렵습니다. 앉고, 눕고, 서고, 걷고, 다시 앉고, 눕기를 반복합니다. 어떤 자세로 있어도 십분을 견디기가 어렵습니다. 그리고 생각합니다.

'이 밤 어쩌지?'

이 밤이 끝나지 않을 것 같아요. 나쁜 감정과 힘든 감각이 사라지지 않을 것 같습니다. 머리로는 압니다. 시간은 흐르는 것이고 내 감정과 상관없이 지구는 정직하게 돌고 있으니까 이렇게 저렇게 뒤척이면 새벽은 온다는 것을요. 나는 변덕쟁이고 감정과 정서는 공기와 물과 같아서 흘러왔다가 흘러간다는 것도 압니다. 그런데 이상한 밤에는 그 모든 것이 다 거짓 같아요. 마음은 돌처럼 단단합니다. 어두운 감정은 숲속의 나무처럼 크게 자라납니다. 시간은 갑니다. 다만 동굴처럼 더 깊고 어두운 쪽으로만 향하죠.

가장 좋은 방법은 잠입니다. 내리면 꺼지고 올리면 다시 켜지는 스위치처럼 잠은 정신과 육체를 리셋하기 때문입니다. 자고 일어나면 높은 확률로 간밤의 문제는 시시해지고 감정은 희미해지며 감각은 둔해집니다. 머리 긁적이며 시큰둥하게 세수하고 양치하면 새롭게 시작되는 하루.

그런데 어떤 이상한 밤은 잠들 수조차 없습니다. 피곤이 눈꺼풀을 누르고 몸과 정신을 노곤하게 만들어도 불면이라는 얼굴과 단어가 나를 보고 있고 허공에 둥둥 떠다닙니다. '잠을 자야지.'라고 생각하면 '잠을 자야지.'라는 생각만 메아리처럼 되돌아오는 아, 이 밤 어쩌지. 울고 싶지만 이미 많이 울어 더 울 수도 없는 이상한 밤.

자, 이럴 때 제가 사용하는 방법을 알려드리겠습니다.

하나

"흠, 오늘 좀 이상하네." 중얼거리며 침대에서 일어납니다. 이때 중요한 것은 목소리도 표정도 심드렁하게 만드는 거예요. 있지만 없는 척. 알지만 모르는 척. 큰 개가 으르렁거려도 안 보이는 척 그 앞을 무심히 그냥 걸어가는 겁니다. 위협하는 개가 뻘쭘해지도록.

둘

부엌으로 가세요. 그리고 가능한 한 딸깍 소리가 나게 스위치를 켜세요. 소리가 안 나는 스위치라면 혼잣말을 해 보는 것도 좋습니다. "켜져라!" 혹은 "얍!" 뭐, 이런 식으로요. 짠, 하는 느낌과 함께 부엌이라는 창조의 세계가 시작되었습니다(창조의 세계? 이런 생각 드시겠지만 중요한 건 나 스스로 연극무대에 오르는 배우인 양 설정하는 것입니다. 행복해서 웃는 게 아니라 웃어서 행복하다. 이와 비슷한 원리라고 생각하시면 됩니다).

셋

냉장고 문을 엽니다. 우리가 찾아야 할 식재료는 계란? 아닙니다. 만두? 절대 아닙니다. 라면? 냉장고에서만 찾으세요. 바로 두부입니다(여기서 잠깐, 냉장고라는 세계는 작지만 그 환경과 조건은 집마다 각각 다릅니다. 두부는 계란과 김치처럼 항상 준비되어 있는 재료는 아닐 수 있어요. 그러니 장에 갈 때마다 두부는 몇 모라도 장바구니에 집어넣으세요. 한 모씩 포장되어 있는데 가격도 무척 저렴합니다. 천 원이면 살 수 있고 세일할 때는 오백 원에 살 수 있습니다).

넷

비닐을 벗기고 차가운 물 속에 잠겨 있는 두부를 조심스럽게 꺼내 도마에 올려놓으세요. 그리고 잠시 감상하세요. 몰캉몰캉하고 하얀 직육면체. 떡처럼도 보이고 푸딩처럼도 보이는 예쁜 큐브 한 덩어리를 손가락으로 살짝 눌러 보세요. 부드럽지만 은근히 단단한, 묘한 감촉이 느껴지실 거예요. 이제 칼을 듭니다. 어떤 칼이어도 좋아요. 큰 칼이든 작은 칼이든 사과를 깎는 칼이든 케이크를 자르는 칼이든 상관없어요(저는 작은 과도를 사용하는 것을 선호하는 편입니다).

이제 자릅니다. 어떻게 잘라도 상관없지만 한 번에 한 입씩 먹도록 자르는 것을 추천합니다. 먼저 두부를 반으로 나눕니다. 90도 돌려서 다시 한 번 반으로 나눕니다. 십자 모양을 중심으로 나뉜 육면체는 정확히 4개가 됩니다. 이걸 한 손으로 부드럽게 눌러 주면서 적당히 썰어 줍니다(적당히. 그게 어느 정도냐면 중앙선을 중심으로 좌우 네 번씩이면 적당해요. 그러면 조각이 16개가 되겠죠).

다섯

프라이팬에 기름을 두릅니다(식용유도 좋지만 혹 참기름이나 들기름이면 더 좋아요. 두부를 구울 때 냄새가 끝내주거든요). 중불로 30초에서 1분 정도 달군 팬에 두부를 하나씩 올리세요. 자, 지금부터는 아무 생각 하지 말고 두부가 구워지는 것에만 집중하는 겁니다. 길고 단단한 나무젓가락으로 조심스럽게 두부를 위아래로 뒤집어 주세요. 색깔이 노릇노릇해지면 끝입니다. 바삭한 것을 좋아하면 오래 굽고 부드러운 걸 좋아하면 적게 구우면 됩니다.

마지막

작은 종지를 준비합니다. 간장을 따르고 참기름을 조금 섞어 줍니다. 기호에 맞게 고춧가루와 식초를 첨가해도 좋아요. 달콤한 걸 좋아한다면 설탕을 한 스푼 넣어도 좋겠습니다. 가장 중요한 단계입니다. 예쁜 접시에 잘 구운 두부를 가지런히 올리고 식탁에 앉아 잠시 두부와 간장을 바라봅니다. 그리고 이렇게 생각

하는 겁니다.

'이걸 먹으면 나는 좋아질 거야. 이걸 먹는 동안 나는 괜찮아질 거야. 두부는 원래 그런 음식이니까. 열 받은 사람의 열을 빼 주고 죄 많은 사람의 죄를 용서해 주고 슬픈 사람의 마음을 부드럽고 따뜻하게 해 주니까.'

그리고 처음에는 간장 없이 하나를 먹습니다. 겉은 바삭 속은 촉촉. 고소하고 부드러운 콩으로 만들어진 음식의 맛을 음미해 보세요. 다음부터는 간장에 살짝 적셔서 한 번에 하나씩 입에 넣고 느리고 꾸준하게 우물우물 씹으세요. 허공을 보면서 길게 숨을 내쉬세요. 으음, 하는 기분 좋은 효과음을 내셔도 좋아요. 그렇게 당신의 이상한 밤은 평범한 밤으로 변하고 있습니다.

어떤 사람은 묻겠죠. 두부를 먹으면 그렇게 되는 이유가 무엇인가요? 근거는 있나요? 이유, 있습니다. 근거, 물론 있죠. 교도소에서 출소한 사람들이 두부를 먹는 장면을 영화나 드라마에서 보신 적이 있으시겠죠. 왜 그런 문화가 생겼는지는 모르지만 일제 강점기에도 비슷한 풍습이 있었고 독립운동을 하다가 옥살이를 하신 분들도 출소할 때 두부를 먹었다고 합니다.

여기에는 여러 설들이 있습니다. 교도소에서는 제대로 영양을 섭취할 수 없으니까 빠른 영양 공급을 위해 영양분이 풍부한 두부를 먹게 되었다는 의견도 있고, 예전엔 징역을 살 때 콩밥을 주로 먹었는데, 다시는 콩으로 돌아갈 수 없는 하얗게 변한 두부를 먹고 새사람이 되라는 뜻도 있다고 합니다. 그냥 단순하게는 아무것도 그려지지 않은 하얀 도화지처럼 새롭게 시작하라는 의미도 있다고 하네요. 그것을 과학적으로 의학적으로 밝혀낼 순 없지만 저 역시 두부의 이런 효능을 믿습니다. 두부에는 사람을 맑게 하고 새롭게 하고 부드럽게 하고 몸과 마음에 힘을 주는 능력이 있다고 말이에요.

정성스럽게 나를 대접하세요

레이먼드 카버의 단편 <별것 아닌 것 같지만, 도움이 되는>을 소개하고 싶네요. 화목한 가정이 있었습니다. 부부는 사이가 좋았고 그들에겐 사랑스러운 여덟 살 아들이 있었죠. 부부는 곧 돌아올 아이의 생일에 맞춰 제과점에 생일 케이크를 주문합니다. 그런데 불행히도 아이는 생일에 차에 치이는 사고를 당하고 말아요. 처음에는 큰 문제가 없다는 듯 멀쩡히 집으로 돌아왔지만, 이내 소파에 앉은 채 의식을 잃고 말죠. 평온한 삶에 갑작스럽게 들이닥친 불행. 부부는 제정신이 아닌 상태가 되어 병원 침대에 누운 아이가 깨어나기만을 하염없이 기다리고 또 기다립니다.

그때 전화 한 통이 걸려 옵니다. 자신을 제과점 주인이라고 밝힌 한 남자가 생일 케이크를 왜 찾아가지 않느냐고 화를 낸 것이죠. 경황이 없던 부부는 자신들이 아이를 위해 케이크를 주문했었다는 사실조차 까맣게 잊고 횡설수설하며 전화를 그냥 끊어 버립니다. 제과점 주인은 부부가 자신에게 장난질을 한다는 생각에 머리끝까지 화가 납니다. 한편 간절한 부부의 바람에도 아이는 결국 숨을 거두고 맙니다. 아이에게 어떤 병이 있었는지 뒤늦게 알게 된 부부는 그 병을 미리 알았다면 아이가 죽음에 이르지 않았을지 모른다는 후회와 절망에 사로잡히게 되죠. 부부는 슬픔을 이기지 못한 채 서로의 어깨에 기대 겨우겨우 집으로 돌아옵니다.

그런데 집으로 제과점 주인의 전화가 또 걸려 옵니다. 아이의 생일이라고 케이크를 주문하더니 아이의 일은 잊어버린 거냐는 남자의 말에 부부의 분노는 폭발하고 말죠. 부부는 이렇게 무례한 사람이 누구인지 확인하려 제과점으로 돌진합니다. 그렇게 서로에게 화가 난 부부와 제과점 주인은 만나게 됩니다. 제과점 주인은 부부가 아이를 잃었다는 사실을 알게 되고, 자신의 잘못을 깨닫고 바로 사과를 합니다.

부부는 상실감과 슬픔이 너무 커서 금방이라도 쓰러질 지경입니다. 제과점 주인은 부부를 억지로 의자에 앉히고 오븐에서 갓 구운 따뜻한 롤빵을 내놓습니다. 그리고 억지로라도 먹으라며 재차 권유합니다. 부부는 롤빵을 먹기 시작하고 금세 허기를 느껴 끊임없이 포크질을 합니다. 제과점 주인은 커피도 내놓습니다. 그는 계속 사과를 하면서 자신은 이른 시간에 일어나 늦은 밤까지 빵을 굽는 똑같은 일만 반복해 왔다는 이야기를 합니다. 때론 지겹고 고되지만 꽃을 파는 자가 아닌 빵을 파는 자인 것이 좋다고, 사람들이 먹을 것을 만느는 일, 빵 냄새가 꽃 냄새보다 좋다고, 말합니다.

부부는 롤빵을 세 개나 더 먹었고 제과점 주인과 더 많은 이야기를 나눕니다. 제과점 주인은 아이가 없고 부부의 상심과 슬픔의 크기를 감히 알 수도 없습니다. 그러나 정성스럽게 만든 따뜻한 빵을 대접하는 작은 마음은 부부에게 '별것 아니지만 도움이 되는' 것이었죠. 그 어떤 말이나 행동보다 몸과 마음에 흡수되는 위로였습니다.

> "내가 만든 따뜻한 롤빵을 좀 드시지요. 뭘 좀 드시고 기운을 차리는 게 좋겠소. 이럴 때 뭘 좀 먹는 일은 별것 아닌 것 같지만, 도움이 될 거요."

좋은 일만 생기면 좋겠습니다. 아니, 좋은 일은 바라지도 않고 그저 나쁜 일만 생기지 않았으면 좋겠습니다. 그러나 삶은 이런 마음의 소원을 늘 배반한 채 우리를 어두운 마음과 슬픔으로 가득한 이상한 밤으로 끌고 갑니다. 큰 사건도 힘들지만 작은 말 한마디, 눈빛 하나에도 우리의 마음과 몸은 무너지거나 금이 갈 수 있습니다. 할 수 있습니다. 이겨 낼 수 있습니다. 더 강해져야 합니다. 다른 사람은 신경 쓰지 마세요. 세상의 주인은 '나'입니다. 이런 말 많이 듣고 실제로 그렇게 생각하며 힘을 내 보려고 하지만, 많은 사람이 평범하고 소심하고 약하고 대단하지 않은 작은 삶을 살고 있죠. 밀면 밀리고 흔들면 흔들리는 대단하지 않은 사람들이죠.

그럴 때마다 그 순간을 이겨 내는 특별한 방법을 찾으려고 해서는 안 됩니다. 불굴의 의지를 가졌던 위대한 위인들의 말을 노트에 옮겨 적고, 끊임없이 동기를 유발시키는 유튜버들의 외침을 마음에 새기고 또 새겨도, 그것들이 우리의 어려움을 해결해 주지 못하고 해결할 수 있는 특별한 방법을 주지도 못한다는 것, 누구보다 나 자신이 잘 알고 있습니다. 때론 나 자신에게 나를 맡겨야 할 때도 있어요. 내가 갖고 있는 것. 내가 알고 있는 것. 내가 할 수 있는 것. 이것들로 이겨 내고 회복해야 할 때도 있습니다. 그것은 별것 아닌 것 같지만 언제나 나에게 가장 도움이 되는 일들입니다.

지나온 날들을 생각해 보세요. 지금은 기억도 잘 나지 않겠지만 나는 엄청나게 많은 어려움을 이겨 내고 여기까지 왔어요. 그때는 끝나지 않을 거라고 생각했던 일들. 낫지 않을 거라고 믿었던 마음과 몸의 상처들. 회복할 수 없을 것 같던 관계들. 부러운 사람들과 마음을 힘들게 하는 크고 작은 감정들. 그때마다 어떻게 했었나요? 해결책을 찾고 대단한 사람들의 대단한 도움을 받았나요?

그렇지 않을 겁니다. 어떻게 해결됐는지도 모른 채 그것들은 몇 번의 밤과 몇 번의 계절 속으로 햇빛에 눈이 녹아 사라지듯 없어졌을 거예요. 그동안 나는 불면을 겪었지만 잠들었고, 입맛이 없었지만 먹었고, 아무것도 눈에 들어오지 않았지만 공부를 하고, 해야 할 일을 하나씩 하나씩 해 나갔습니다. 이번에 겪는 문제들도 앞으로 겪게 될 문제들도 다른 누구도 아닌 나 자신이 잘 해결해 줄 겁니다. 그 순간에는 내게 답이 없는 것 같지만 나는 생각보다 괜찮은 방법을 알고 있어요. 생각보다 나는 강하고 생각보다 나는 나를 잘 달랠 수 있습니다.

누군가에게 빵을 만들어 먹이는 제과점 주인의 마음처럼 내가 나를 정성스럽게 먹일 수 있습니다. 실제로 빵을 만들어 먹는다면 더 좋겠지만 아무래도 그것은 특별한 기술과 도구들이 필요할 테니 가장 간단하고 누구나 바로 할 수 있는 두부를 구워 보세요. 담백하고 고소한 두부를 스스로 대접해 보세요. 별것 아닌 것 같지만, 도움이 될 겁니다. 한 개 두 개 먹는 동안 설명할 수 없는 은은한 변화가 생길 거예요.

밤에게는 아침이. 기운 없는 몸엔 힘이. 슬픈 마음엔 따뜻함이.

각고 소중한 살림 꿀팁

tip

마음이 답답하고 어두울 때
식욕이 생기고 힘이 나게 하는 영화 두 편

1. <김씨 표류기>

〈김씨 표류기〉, 2009,
이해준 감독

한 남자가 한강의 밤섬에 표류한 뒤 홀로 생존해 나가는 이야기입니다. 많이 흥행한 것은 아니지만 저는 이 영화가 매우 재미있고 좋았어요. 무엇보다 짜파게티를 먹고 싶은 마음에 직접 짜파게티를 만들어 먹는 장면이 있는데 어이가 없으면서도 뭉클하고 감동적입니다. 이 영화를 보면 어째서인지 슬픈 마음에 힘이 생기면서 짜파게티를 먹는 자신을 발견하게 될 겁니다.

2. <카모메 식당>

'빵' 하면 가장 먼저 떠오르는 것이 이 영화입니다. 낯선 나라에서 아무도 찾아오지 않는 식당을 열고 하염없이 손님을 기다리는 주인은 손님이 있든 없든 묵묵하게 자신의 일을 반복하고 새로운 메뉴를 개발하기도 하면서 포기하지 않는 모습을 보여 줍니다. 빵을 만드는 장면도 나오는데 아, 정말 먹고 싶게 만듭니다. 화면에서 빵 냄새가 솔솔 납니다. 보세요. 좋습니다.

〈카모메 식당〉, 2006,
오기가미 나오코 감독

홍상지

2011년 《중앙일보》에 입사해 그 뒤로 쭉 기자 일을 해 왔다. 2019년부터는 시사교양 팟캐스트·유튜브 채널 '듣똑라'(듣다보면 똑똑해지는 라이프)를 만들고 있다. 평범한 일상에서 보고, 듣고, 마주치는 것들을 통해 배우는 작은 깨달음들을 수집한다. 그렇게 어제보다는 오늘의 내가 조금 더 나은 사람이길 바라고 있다.

나의 일상을 구석구석 돌보는 일, 청소

나를 돌보는 일의 첫걸음

난생처음 가져 본 '나만의 공간'은 8.5평 원룸이었다. 돌이켜 보면 가족과 함께 살 때 내 방이 없었던 것은 아니다. 문제는 방문이 오랫동안 고장 난 상태였다는 거다. 종이 쪼가리로 문틈을 어찌어찌 막아 두어도 누군가 밀면 너무나 쉽게 열리는 그런 문이었다. "나도 사생활이 있는데 내 방 들어올 땐 노크라도 해줘."라고 호소하면 이런 대답이 돌아왔다. "그리 네 방이 소중한 애가 방 청소도 안 하냐?" 딱히 받아칠 말이 없었다. '일도 바쁜데 청소할 시간이 어디 있어.'라는 말이 입가에서 맴돌았지만 왠지 궁색했다. 독립을 향한 염원은 더욱 깊어 갔다.

그런 내게 8.5평은 혼자 지내기 꽤 충분한 공간이었다. 100%

내 취향으로 고른 가구와 소품들로 공간을 채워 나갔다. 동네 수족관에서 같이 살 거북이 두 마리도 입양했다. 한동안 거의 매일 매일 집 안 곳곳을 쓸고 닦았다. 거북이들의 집도 빼먹지 않고 닦아 주었다. 주위에서 “매일 청소하기 힘들지 않아?”라고 물었다. 그럴 때마다 “난 청소하는 거 재미있던데? 독립하고 나니까 새 재능을 찾았어.”라며 너스레를 떨었다.

3년 전 일이다. 당시 내가 했던 말에는 피식 웃음이 나온다. 살수록 짐은 점점 많아지고 그만큼 여유 공간은 줄어들었다. 매일 집 안을 쓸고 닦던 내 안의 또 다른 자아는 한 달을 채 못 버텼다. 돌보지 않은 공간은 금세 티가 났다. 일에 치이다 집에 들어오면 ‘내일은 청소해야 하는데…….’ 하면서 잠이 들었다.

애초에 깔끔한 성격은 아니었다. 일이나 공부에 집중할 때는 청소나 정리에 더더욱 소홀한 편이었다. 돌이켜 보면 그게 가능했던 건 주위에 누구든 나를 챙겨 주는 사람이 있기 때문이었다. 독립 후 혼자 책임져야 할 공간이 생기고 나서야 깨달았다. 나를 돌보는 일의 중심은 결국 내가 돼야 하고, 그 일의 첫걸음이 바로 청소라는 걸 말이다.

안 보인다고 끝이 아니야

8.5평 공간에서의 3년을 뒤로하고 곧 이사를 갈 예정이다. 요즘에는 이사하기 전 버릴 물건, 중고 마켓에 내놓을 물건, 지인들에게 줄 물건, 잘 챙겨 갈 물건들을 고르고 정리하고 청소하느라 바쁜 하루하루를 보내고 있다.

지금 집에는 냉장고, 세탁기, 에어컨 등 웬만한 가전이 다 포함돼 있어 갖고 갈 짐은 많지 않았다. 책장 자리가 모자라 한구석에 쌓아 놓은 책들이 그나마 제일 많은 짐이었다. 며칠 전 이삿짐센터에 가격을 문의할 때도 이 점을 강조했다. 이삿짐센터 직원은 내게 집에 있는 짐들을 다 사진으로 찍어서 보내 달라고 요청했다. 요청대로 사진을 보냈다. 얼마 지나지 않아 직원이 보낸 견적서에는 예상보다 꽤 높은 금액이 적혀 있었다. '큰 짐이 없는데도 원래 이 정도 견적이 나오는 것인지' 조심스럽게 물었다. 많이 들어온 말인 듯 직원은 이렇게 답했다.

"큰 짐은 없어도 작은 짐들이 많잖아요. 저런 게 포장하는데 은근히 시간을 오래 잡아먹어요."

그의 말이 맞았다. 이삿짐센터에 보낸 우리 집 옷장 안, 보일러실 안, 찬장 안 사진에는 온갖 작은 짐들이 가득했다. 물건이 밖에 많이 나와 있으면 청소를 해도 너무 지저분해 보여 안 보이는 곳에 자꾸 치워 둔다는 게 이렇게 됐다.

보일러실 안이 특히 문제였다. 사람 한 명 정도 서 있을 만한 공간에 시간이 지날수록 짐이 쌓였다. 언젠가 선물받았던 가습기, 거북이들이 아기 때 살던 작은 수조, 어디선가 받아 온 각종 기념품, 옷장이 비좁아서 갖다 둔 철 지난 옷들이 거기 있었다. 어쩐지, 작년 초겨울쯤 잘 입던 재킷을 올해 겨울에도 입으려 했는데 옷장을 이 잡듯 뒤져도 찾을 수 없었다. 그 옷이 있던 곳도 바로 보일러실이었다.

이삿짐을 정리하면서 물건들로 가려졌던 곳에서 먼지와 얼룩 등이 잔뜩 발견되기도 했다. 어제는 전신 거울 뒤에 숨겨져 있던 먼지와 머리카락 뭉텅이를 봤다. 이것들과 같이 살았단 생각을 하니 속이 심히 좋지 않았다. 아마 '여기는 눈에 안 띄니까.', '저기는 손이 안 닿으니까.' 등의 이유로 계속 청소를 미뤄 왔을 거다. 이사 직전에서야 알았다. 보이는 곳이나 안 보이는 곳 모두 언젠가는 끝내 내가 청소해야 할 몫이라는 걸 말이다.

그러니 미리미리 틈틈이 청소해 우리의 비위를 보호하도록 하자. 안 보이는 곳까지 구석구석 쓸고 닦아 내는 게 청소의 진정한 마무리다.

가장 티 안 나는 노동

마음이 힘들 때 제일 하기 어려운 일 중 하나가 청소라고 한다. 자주 듣던 라디오 프로그램의 게스트가 했던 말이다. 자기 마음도 정리가 안 되고 지쳐 있는데 주변을 청소할 엄두는 정말이지 내기가 어렵다. 해 봤자 며칠 뒤면 다시 더러워질 테고 누가 알아주지도 않는다. 그렇게 마음에도, 공간에도 먼지가 뽀얗게 내려앉을 때가 있다.

10년 가까이 신문기자(주로 사회부)로 일했고, 2019년부터는 동료들과 '듣똑라'라는 시사교양 팟캐스트·유튜브 채널을 운영하고 있다. 쉼 없이 달려왔다. 그러다 보니 종종 마음에 먼지가 쌓이는 시기가 찾아왔다. 가장 최근은 코로나19로 한창 재택근무를 하던 작년이었다.

재택근무는 기자라는 직업을 가진 이들에겐 무척 적응하기 어려운 근무 형태였다. 많은 사람을 만나고 이야기를 들어야 기사를 쓰든 콘텐츠를 만들든 아이디어가 나올 텐데 그러기 어려운 상황이었다. 겨우 머리를 짜내 한 일들도 만족할 만한 성과가 나오지 않았다. 마음이 조급했다. 조급한 마음과 달리 머릿속은 고갈돼 가는 기분이었다. '기자로서도 콘텐츠 크리에이터로서도 이제 바닥이 드러난 것 아닐까? 계속 일할 수 있을까?' 방구석에서 혼자 자기비하에 빠져 있는 시간이 점점 늘어갔다.

기억나는 장면이 있다. 한참 일을 하다 잠시 쉴 겸 소파에 털썩 앉았는데 테이블 밑 러그에 일하면서 먹은 빵 부스러기와 머리카락들이 떨어져 있는 게 보였다. 평소 같았으면 바로 테이프 같은 걸로 떼어 냈을 텐데 그것조차 귀찮았다. 고개를 들어 오랜만에 집안 꼴을 보니 8.5평은 더 좁고 지저분해 보였다. "여기도 정말 지긋지긋하다." 혼잣말을 내뱉었다. 두 눈을 질끈 감았다.

이대로는 안 되겠다 싶어서 지인들에게 내 상태를 털어놨다. 영 자존심이 상해 참아 두고 있던 말들이 눈물과 함께 쏟아져 나왔다. 쏟아 내고 나니 그나마 정신이 좀 들었다. '그래, 일단 다 미뤄 두고 지금은 나부터 좀 보살펴 주자.' 그 후 제일 먼저 한 게 집 청소였다. 집 안 곳곳의 먼지를 닦아 내며 내 마음의 묵은 먼지들도 돌아볼 수 있었다.

며칠이라도 돌보지 않은 공간에는 어김없이 먼지가 쌓인다. 매일 물을 쓰는 화장실도 조금만 놔두면 물때가 낀다. 당연한 소리지만 쌓인 먼지와 때는 저절로 사라지지 않는다. 누구라도 닦아야 사라진다. 청소는 결국 '돌아봄'인 듯하다. 수시로 내 몸과 마음이 괜찮은지 점검하며 돌아보는 것처럼 자신을 구석구석 돌보는 일인 것이다.

30년 넘게 가족의 집에 얹혀살던 나는 청소나 살림에 통 관심이 없었다. 그 사이 집에서든, 직장에서든, 거리에서든 나를 대신해 청소를 하고 있는 사람이 있었다. '이미 누군가 청소한 세상'을 당연한 줄 알고 살던 나는 내 공간의 먼지를 닦아 내며 새삼 청소라는 노동의 가치를 실감했다. 일상에서 먼지를 크게 의식하지 못하고 살아왔다면 그건 여러분의 뒤에서 누군가 끊임없이 먼지 닦는 일을 하고 있다는 증거다.

여전히 나는 청소하는 걸 귀찮아 하지만 그럼에도 머리카락 줍기 같은 작은 청소는 거의 매일 하고 있다. 가족하고 살 때는 "네가 흘린 머리카락이라도 좀 주워라."라는 잔소리를 참 많이 들었다. 그때마다 '내가 머리카락을 흘려 봤자 얼마나 흘리겠어.'라고 생각했는데 이제 와서 보니 그렇지가 않다. 참으로 희한하다. 머리카락은 주워도 주워도 이상하게 또 떨어져 있다. 그래서 머리카락을 줍다 보면 자꾸 내가 지나다닌 자리를 뒤돌아보게 된다. '청소는 돌아봄'이라는 내 나름의 정의가 맞아떨어지는 순간이다.

대청소의 시간이 찾아왔습니다

우리 집 한편에는 '홍구'와 '홍주'라는 이름의 거북이가 살고 있다. 독립한 지 얼마 안 돼 구경 겸 동네를 어슬렁거리다 작지도

EM

크시도 않은 수족관을 발견했다. 거기서 홍구와 홍주를 처음 만났다. 커먼머스크라는 종이었는데, 짧은 네 다리로 물속을 요리조리 헤엄치는 모습에 반했다. 그날 바로 필요한 물품을 구매했다. 집에서 수조 세팅을 다 마치고 일주일 뒤 두 친구를 입양했다.

반려동물이 주는 마음의 위안을 받고 싶었다. 홍구와 홍주를 입양한 건 그들의 의사와 상관없는 내 이기심 때문이었다. 그만큼 내가 책임져야 할 작은 세계가 생겼다. 8.5평 작은 공간 안에 거북이 두 마리의 공간이 추가됐다. 내게는 그 공간을 최적의 상태로 유지해야 할 돌봄의 의무가 있었다. 청소할 공간이 하나 더 생겼다는 뜻이기도 했다.

거북이를 키우는 일의 90% 이상은 제때제때 깨끗한 물로 갈아 주고 변도 수시로 잘 치워 주는 것이다. 거북이들은 '얘네는 변비 걱정 없겠다.' 싶을 정도로 배변 활동이 활발하다. 한마디로 수조 청소가 아주 중요하다는 뜻이다. 우리 집 수조에는 물을 순환시켜 오염을 방지하는 외부 여과기가 24시간 돌아가고 있다. 여과기 안에는 거북이의 변이나 밥 찌꺼기 등을 걸러 낼 자갈같이 생긴 여과재가 들어 있다. 이 여과기를 석 달에 한 번 정도 청소한다. 그날이 수조 대청소 날이다.

수조 대청소는 주로 시간 여유가 있는 주말에 한다. 석 달에 한 번 여과기를 열어 보면 그 안에 고인 물과 여과재는 거의 갈

색으로 오염돼 있다. 물은 버리고 남은 여과재는 손으로 비벼 가며 불순물을 제거한다. 아기의 똥 기저귀를 가는 보호사의 마음이 이런 것일까?

씻은 여과재는 다시 여과기에 넣는다. 수조에 있던 물도 다 비우고 새 물을 채운다. 여과기를 다시 수조에 연결한다. 시간이 조금 지나면 물이 아주 깨끗해진다. 집 청소하는 동안 스트레스를 잔뜩 받았을 집주인 거북이들에게 간식을 바친 후 한숨 돌리는 게 수조 대청소의 마지막 단계다.

어느 날은 수조 청소를 하다 수조에 있던 물을 왈칵 엎질렀다. 가로 60센티미터가 넘는 꽤 큰 수조였다. 온 집 안은 물바다가 됐다. 눈앞의 광경이 믿기지 않아 허탈한 웃음이 나왔다. 강제 '대청소의 날'이었다. 평소보다 크게 음악을 틀어 두고 리듬에 맞춰 걸레질을 했다. 내 안의 넘실대는 짜증을 흥겨움으로 이겨 내려는 눈물겨운 시도였다. 이왕 대청소를 시작한 김에 집 안 곳곳을 일부러 더 박박 닦았다.

다행인 건 청소의 끝은 대부분 '해피엔딩'이라는 거다. 청소를 마치고 소파에 앉아 반질반질한 마룻바닥과 맑은 수조 속 거북이들을 보면 기분 좋은 나른함이 찾아온다. 활발히 움직이는 거북이들에게 '내가 끝까지 돌봐 줄게.' 하고 다짐도 해 본다. 그러다 스르르 달콤한 주말 낮잠에 빠진다. 이보다 더 훈훈한 결

말이 어디 있을까.

조용한 청소를 좋아합니다

요즘에는 사람들을 만날 때마다 꼭 '청소' 관련 질문을 던진다. 청소는 자주 하는지, 어떤 청소가 제일 즐거운지 유의 질문들이다. 지인 A는 화장실 청소를 제일 신경 써서 한다. 매일 용변을 보고 몸을 씻는 곳이라 위생에 특히 더 신경 쓰여서다. 물때, 곰팡이 때 싹 빼고 반짝반짝 광을 낸 화장실을 보면 그것만큼 스트레스가 날아가는 일이 없단다. A가 알려준 유용한 청소용품 중 하나는 클렌징 오일 또는 클렌징 워터다. 선반이나 세면대 등을 클렌징 오일로 닦은 뒤 물로 씻어 내면 윤이 반질반질하게 난다는 게 A의 설명이다.

지인 B는 청소할 때 베이킹 소다를 자주 사용한다. 베이킹 소다 녹인 물을 분무기에 넣어 두고 설거지나 창틀 청소, 화장실 청소 등을 할 때 쓴다. 그중에서도 B가 제일 좋아하는 청소는 설거지다. 수세미에 베이킹 소다 물을 묻혀 그릇들을 닦는다. 특히 기름이 잔뜩 낀 프라이팬이나 냄비 등은 베이킹 소다를 푼 물에 푹 담가 둔 뒤 설거지를 하는데, 효과가 기막힌다고 한다.

글을 쓰는 나는 '조용한 청소'를 선호한다. 평소 내 청소의 시작은 환기다. 집 안의 모든 창문을 활짝 연다. 이제부터 방향은 위에서 아래로다. 테이블 위, 냉장고 위, 모니터 위, 선반 위부터 먼지를 털어 낸 뒤 물걸레로 닦는다. 바닥에 떨어져 내린 먼지는 밀대로 한곳에 모은 뒤 빗자루로 쓰레받기에 쓸어 담는다. 바닥용 걸레로 바닥 전체를 훔친다. 사용한 걸레들을 빨아 햇볕 잘 드는 곳에 널어 두고 샤워를 한다. 샤워를 하며 화장실 변기 등을 간단히 청소한다. 청소를 하면서 잡다한 생각도 정리해 나간다. 일 생각일 수도 있고, 인간관계에 대한 생각일 수도 있고, 터무니없는 망상일 수도 있다. 복잡하게 얽혀 있던 생각들이 청소와 함께 정리될 때의 후련함을 좋아한다.

단, 모든 과정에서 전기 청소기는 쓰지 않는다. 무엇보다 시끄러워서다. 집 청소는 될지언정 머릿속 청소는 바깥 소리가 너무 시끄러우면 제대로 되지 않는다. 먼지로 범벅이 된 필터를 청소하는 일도 정말 내키지 않는다. 환경을 지키고 싶은 마음도 있다. 전기에너지의 과반을 화석 연료에 의존하고 있는 상황에서 안 쓸 수 있는 전자제품은 조금이라도 덜 쓰려고 한다. 24시간 돌아가는 거북이 수조의 외부 여과기, 냉장고 등 이미 사용하고 있는 전기가 너무 많다. 우리가 쓰는 물건의 생산, 유통, 사용 과정에서 발생하는 탄소의 총량을 '탄소 발자국'이라고 하는데 이 발자국을 조금이라도 줄이고 싶다.

코로나19 이후 기후변화와 환경에 대한 관심이 높아지고 있다. 우리와, 우리가 발 딛고 사는 세상이 아주 밀접히 연결돼 있음을 느끼는 요즘이다. 쓰레기를 되도록 만들지 않으려는 제로웨이스트 운동도 그 어느 때보다 활발하다. '이런 운동이 정말 세상을 바꿀 수 있을까?'라고 누군가 묻는다면, '그렇다'고 꼭 말하고 싶다. 《아무튼, 비건》의 김한민 작가는 '모든 윤리는 최소한의 윤리'라고 정의한다. '최소한 나라도 저 문제는 방치하지 않을래.', '난 적어도 ○○하지 않을 거야.'와 같은 일상 속 작은 다짐들이 점점 커지는 방향으로 살고 싶다는 것이다. 나 역시 그렇다.

청소를 할 때도 자연에 최대한 무리가 덜 가는 방식을 선택하는 이들이 많아졌다. 그 방식은 대단한 게 아니다. '청소할 때 전기 도구 덜 쓰기', '합성세제 대신 천연세제 쓰기', '물티슈 말고 행주나 걸레로 닦기', '속옷 등 작은 빨랫감은 손빨래하기' 등 소소한 청소 습관을 기르는 것이다. 크고 작은 청소 습관들이 모여 다양한 개체가 공존하는 생태계를 더 오래 지속 가능하게 만들 수 있다면 그건 좀 더 넓은 의미의 '청소' 아닐까? 나와 내 주위를 돌보는 가장 큰 단위의 '청소' 말이다.

작고 소중한 살림 꿀팁

tip

만능 청소 도구, EM을 아시나요?

청소할 때마다 빠뜨리지 않고 꼭 사용하는 게 바로 EM이다. EM은 'Effective Micro-organisms'의 약자로 효모, 유산균, 광합성 세균 등 유용한 미생물들을 모아놓은 원액이다. EM 원액을 잘 발효시키면 각종 청소에 요긴하게 사용할 수 있는 친환경 세제가 된다. 특히 집 안 곳곳의 냄새를 탈취하는 데에는 이만한 게 없다.

EM 희석액과 발효액

EM 원액은 온라인 쇼핑몰이나 두레생협, 한살림 등에서 쉽게 구할 수 있다. EM 원액에 쌀뜨물과 설탕을 일정 비율로 섞어 일주일 정도 놔두면 EM 발효액이 된다. 2리터 페트병 기준으로 1.5리터 정도는 쌀뜨물로 채우고 EM 원액과 설탕을 페트병 뚜껑으로 다섯 번 정도 넣는다. 발효가 시작되면 페트병에 가스가 차게 된다. 그때는 뚜껑을 잠시 열고 가스를 빼 줘야 한다. 발효가 잘된 EM은 시큼한 냄새가 난다.

이 과정이 너무 귀찮다면 동네 주민센터에서 EM 발효액을 공급하는지 살펴보자. 나는 집에서 멀지 않은 서울 서대문구의 한 주민센터에서 EM 발효액을 2리터 페트병에 받아 왔다. 주민센터 앞에 '유용미생물 주민공급기'라고 적힌 큰 탱크가 있는데 주민센터에서 정한 요일에 약수 떠오듯 받아 오면 된다. EM 발효액이 없는 주민센터도 있으니 주민센터 혹은 구청 청소과에 미리 전화해 확인해 보길 권한다.

EM 발효액은 보통 물과 1대 100 정도 비율로 희석해 사용한다. 나는 이 희석액을 분무기에 넣어 두고 수시로 쓴다. 주로 물걸레질을 할 때 희석액을 여러 번 뿌린 후 깨끗이 닦아 낸다.

언젠가 그렇게 청소를 마친 후 잠깐 밖에 나갔다가 돌아온 적이 있다. 은은하면서도 정제된 공기가 집 안에 맴돌았다. 그걸 어떤 향이라고 표현하긴 어렵지만, 웬만한 디퓨저 냄새보다 훨씬 마음에 들었다. 그때부터 늘 EM 희석액을 이용해 청소하고 있다.

카펫이나 패브릭 소파, 침대 매트리스, 이불, 신발장 등에 EM 희석액을 수시로 뿌려 줘도 좋다. 화장실 청소와 설거지에도 활용한다. 탈취 효과뿐 아니라 세척력 또한 제법 괜찮다. 청소에 쓰고 남은 희석액은 싱크대나 화장실 배수구에 부어 두면 배수구 특유의 악취를 손쉽게 막을 수 있다.

금정연

서평을 쓰지 않는 서평가. 이런저런 책을 혼자 쓰거나 함께 썼다. 그중에는 《일상기술 연구소》라는 책도 있지만, 여전히 일상을 꾸리는 데는 서툴기만 하다. 아기와 함께 생활한 후로 더 나은 일상과 세계를 만드는 법을 진지하게 고민하고 있다.

제 세탁 인생에 대해 말씀드리자면

빨래를 모르는 자, 어리석은 말을 내뱉는다

세 가지 빨래가 있다. 빨래를 하기 전의 빨래, 빨래를 하고 난 다음의 빨래, 그리고 빨래. 우리 시대의 빨래에 대해 말하려면 세 가지를 모두 말해야 한다. 다시 말해, 더러워진 옷감을 물에 넣어 세제와 함께 비비고 밟고 두드려 때를 빼고 헹구고 물기를 짜서 널어 말리는 과정이 빨래의 전부는 아니라는 말이다.

"요즘 빨래를 사람이 하나? 세탁기가 하지."

아직도 이런 말을 하는 사람들이 있다. 모두 빨래를 모르는 사람들이다. 사람을 모르는 사람이기도 하다. 둘 중 하나라도 안다면 그런 말을 하지는 않을 테니까…….

인간은 언제부터 빨래를 했을까? 프랑스의 철학자 로제 폴 드루아는 말한다. “아마도 옷을 입기 시작했을 때부터는 아니었을 것이다. 몸에 걸친 짐승 가죽이 썩게 내버려 두고, 칡이나 마른 잎을 세탁하지 못했던 시절이 있었는지 누가 알겠는가?”■

인류가 처음 옷을 입기 시작한 건 지금으로부터 17만 년 전이라고 한다. 미국 플로리다 주립대학교 연구진이 이(蝨)의 DNA를 분석해서 머릿니에서 옷엣니가 분화한 시기가 17만 년 전이라는 사실을 밝혀냈다.◆ 옷엣니가 있었다는 건 옷도 있었다는 것. 옷에 기생하는 이를 통해 옷의 기원을 추적하다니, 어쩐지 셜록 홈스가 떠오르는 이야기다.

인류의 역사에서 참다못한 누군가가 냄새도 나고 살이 간지럽기도 하니 앞으로는 가끔이라도 깨끗한 물에 옷을 빨아 입는 게 어떻겠냐고 제안한 게 언제쯤이었는지는 여전히 미스터리로 남아 있다. 발견된 증거들은 17만 년 전보다는 비교적 최근을 지목한다. 메소포타미아 문명에선 빨랫비누를 사용했고, 고대 이집트에는 빨래를 의미하는 상형문자가 있었다는 걸 보면, 최소한 기원전 3천 년경 무렵에는 빨래가 보편적인 문화로 자리 잡았던 것 같다.

■ 로제 폴 드루아, 《사물들과 함께 하는 51가지 철학 체험》, 이나무 옮김, 이숲, 2014, 131쪽

◆ 《연합뉴스》, ‘옷의 역사, 17만 년 전 시작’, 2011년 1월 8일

문학 작품에 빨래가 등장하는 가장 최초의 장면 중 하나를 기원전 750년경에 만들어진 《오뒷세우스》에서 찾을 수 있다. 빛나는 눈의 여신 아테네는 스케리아 섬을 다스리는 알키노오스 왕의 딸 나우시카아의 꿈에 나타나 이렇게 말한다.

"어머나, 게으름뱅이 아가씨! 그러다가 어머님에게 얼마나 꾸중을 들으려고. 너는 빨지 않고 장롱 안에 넣어 둔 네 고운 옷을 한 번도 꺼내 손본 적이 없지? 결혼식이 다가오면 너와 네 들러리를 위해 아름다운 옷이 필요할 거야. 그럼 어떻게 해야 하지? 네가 사랑하는 부모님도 깨끗한 옷을 보면 정말 기뻐하실 거야! 날이 밝거든 어서 일어나 옷을 빨러 가자꾸나. 내가 따라가서 빨리 끝내도록 도와줄게."

여신이 공주를 떠났다. 공주는 황급히 잠자리에서 일어나 부모님 방으로 갔다.

"아버지, 마차 좀 내주세요. 제가 가진 소중한 옷을 빨러 강가로 갈 수 있게요. 옷이 아주 더러워졌어요. 아버님도 깨끗한 옷을 입고 회의에 나가시는 게 좋겠어요. 아직 장가를 가지 않은 아들 셋을 포함해 다섯 아들들도 외출할 때나 무도회에 갈 때 깨끗이 빤 옷으로 훌륭하게 치장하고 싶어할 거예요. 모두 제가 해야 할 일이지요!" ■

아버지의 지원으로 짐을 꾸린 공주는 시녀들과 함께 빨래터로 향한다. 고대 그리스의 시인 호메로스는 그들이 맑은 물이 콸콸 흐르는 강가에서 빨랫감을 기운차게 발로 밟아 세탁한 후, 맛있는 음식을 배불리 먹고 공놀이를 하며 즐거운 한때를 보냈다고 쓴다.

여기서 우리는 몇 가지 사실을 짐작할 수 있다. 당시만 해도 빨래를 그리 자주 하지 않았다는 것, 빨래를 하려면 적지 않은 시간과 노동력이 필요했다는 것, 무도장의 멋 부린 남자들이 입고 있는 옷은 전부 여동생이 빤 것이며 호메로스는 한 번도 제 손으로 빨래를 하지 않았다는 것. 해 봤다면 빨래하는 날을 마치 소풍날처럼 묘사하지는 않았을 테니까…….

세탁기가 빨래의 모든 것을 해결하지 않는다

나도 중학생 때까지는 호메로스나 다름없었다. 내 손으로 빨래를 하지 않은 것은 물론 돌돌 말린 양말을 아무렇게나 벗어 놓고 땀에 젖은 교복 셔츠를 빨래 바구니에 처박아 두기 일쑤였다. 빨래하는 엄마를 보면서 힘들거나 피곤하겠다는 생각은 하지

▪ 구스타프 슈바브, 《구스타프 슈바브의 그리스 로마 신화 3》, 이동희 옮김, 휴머니스트, 2015, 131~132쪽

않았다. 내가 관심 있던 유일한 세탁기는 미국의 록밴드 소닉 유스의 9번째 앨범 《Washing Machine》뿐, 그렇다고 시를 쓰지는 않았지만…….

가끔가다 세탁기를 돌리기는 했을 것이다. 다 된 빨래를 널고 마른 빨래를 걷기도 했겠지. 엄마가 시켜서, 마지못해, 선심 쓰듯이, 억지로 하는 티를 팍팍 내면서, 누구의 옷도 아니고 내 옷인데도!

내가 처음으로 스스로 빨래를 책임지게 된 건 고등학교 3학년 때의 일이다. 늦은 여름, 엄마가 교통사고를 당했다는 연락을 받았다. 깜짝 놀란 나는 부랴부랴 병원으로 달려갔다. 다행히 크게 다치신 건 아니었지만 한동안 입원을 해야 한다고 했다. 이미 지난 일이니 가볍게 말하자면, 갑자기 분위기 나 홀로 집에?

엄마 없는 석 달 동안 어쩔 수 없이 나는 집안일을 도맡았다. 거의 하지 않는 걸 두고 '도맡았다'고 말할 수 있다면 말이지만…….

그때 나는 정말 최소한만 했다. 아침은 안 먹고 점심은 급식으로 해결하고 저녁은 사 먹었다. 청소는 한 달에 두어 번, 사막을 굴러다니는 회전초처럼 먼짓덩어리가 머리카락과 함께 뭉쳐져 바닥을 구르는 게 보일 때에만 청소기를 돌렸다(걸레질은 안 함). 설거지가 하기 싫어 설거짓거리를 만들지 않았고, 화장실 청소는 해야 한다는 생각조차 하지 못했다. 수험생이라는 핑계와 엄마가 돌아오실 때까지만 버티면 된다는 안일한 마음의 합작품이었다.

유일하게 피할 수 없는 일은 빨래. 교복 셔츠가 두 벌밖에 없어서 최소한 사흘에 한 번은 세탁기를 돌려야 했다. 한두 번 까먹고 빨래를 하지 않아 땀 냄새 나는 셔츠를 입고 학교에 가기도 했지만, 그걸 제외하면 나는 그럭저럭 해냈다. 어려울 것도 없었다. 그때그때 교복을, 양말을, 팬티를, 수건을 세탁기 안에 던져 놓았다가 적당한 때 세제를 넣고 버튼을 누르면 그만이었으니까. 다 된 빨래는 건조대에 널면 되고, 심지어 마른 빨래는 걷을 필요도 없다. 그냥 건조대에 걸어 두었다가 그때그때 쓰면 되니까!

뿌듯함과 함께 빨래 천재가 된 듯한 기분도 들었다. 물론 그건 순전한 착각, 내가 20세기 중반 미국에서 시작된 가전제품의 시대 이후를 살아가는 현대의 청소년이라서 가능한 오해였다.

빨래가 사람들의 일상 속에 완전히 자리 잡은 것은 의외로 19세기 후반 무렵이었다. 산업혁명과 함께 면으로 만든 옷이 저렴한 가격에 대량으로 공급되기 시작했고, 공중 보건에 대한 의식과 함께 청결의 기준이 상승하며 빨래는 하면 좋은 일이 아니라 반드시 해야 하는 일이 되었다.

영미권에서는 매주 월요일이 빨래하는 날이었는데, 얼마나 힘들었는지 '우울한 월요일(Blue Monday)'이라는 표현까지 생길 정도였다. 20세기 초반, 미국 농촌에 살던 어느 여성은 매일매일이 어찌나 바쁘고 고단했던지 결혼 생활이 꼭 감옥 생활 같았다며 그중에서도 가장 힘든 일은 빨래하기였다고 고백한다.■ 우리나라의 경우도 사정은 크게 다르지 않았다. 오죽하면 개울가에서 빨랫방망이를 두드리며 시집살이는 고되고 남편은 바람을 피우니 스스로 목숨을 끊는다는 내용의 노래를 불렀을까.◆ 이런 현실에서 가정용 세탁기의 발명이 빨래의 역사에, 나아가 인류의 역사에 가져온 변화는 가히 혁명적인 것이었다.

MIT의 인공지능연구소 소장이자 로봇 엔지니어인 대니얼라 러스는 이렇게 말한다.

"인류의 가장 큰 발명품 중 하나가 무엇인 줄 아세요? 바로 '세탁기'입니다. 세탁기 발명으로 여성들은 빨랫감과 씨름하던 시간에서 해방돼 그 시간에 자기 계발을 하기 시작했습니다. 저 역시 세탁기가 대신 빨래를 해 주는 시간 동안 책을 읽고 연구를 합니다. 내가 해야 하는 일 중 단순하고 의미 없는 노동을 로

■ 김덕호, 《세탁기의 배신》, 뿌리와이파리, 2020, 161쪽 참고

◆ 한국향토문화전자대전, '빨래 노래' 항목 참고

봇이 대신해 준다고 생각해 봅시다. 그 시간 동안 우리는 얼마나 많은 것을 할 수 있을까요?" ▪

러스의 말이 백번 맞다, 역사적으로는. 하지만 역사의 시간과 일상의 시간은 같지 않다. 세탁기의 발명이 인류의 빨래 시간을 획기적으로 줄여 주었지만, 세탁기가 기본이 된 세상을 살아가는 우리에겐 그게 빨래의 시간이다. 절약된 시간을 자기 계발에 쓰기는커녕, 체감하기도 힘들다는 말이다(앞으로 로봇이 일을 대신해 준다고 해도 남는 시간을 내가 딱히 의미 있는 일에 쓸 것 같진 않음). 문제는 또 있다. 바로 세탁기가 빨래의 모든 것을 해결하지 않는다는 사실이다.

세 가지 빨래가 있다

내가 본격적으로 살림을 하게 된 건 취업과 동시에 자취를 시작한 26살의 일이었다. 엄마는 걱정이 이만저만이 아니었지만 나는 자신만만했다. 남들 다 힘들다는 수험생 시기에 혼자 살아 본 경험도 있겠다, 대학과 군대를 거치며 요리와 청소에도 익숙해졌겠다, 이 정도면 충분히 준비된 독립 아닌가?

▪ 김덕호, 앞의 책, 160쪽

아니었다. 처음 일주일은 완벽했다, 내가 보기엔. 이어진 두 어 달도 준수했다, 그 뒤에 펼쳐진 광경과 비교하면 상대적으론…….

정확히 특정할 수 없는 어느 순간부터 집안일이 조금씩 밀리기 시작했다. 그리고 한번 밀린 집안일은 순식간에 눈덩이처럼 불어났다. 5분이면 할 수 있는 설거지를 다섯 번 밀리면 25분이 걸리는 게 아니라 한 시간이 걸린다. 100%의 확률로 그릇에 음식물이 말라붙고, 개수대까지 더러워졌을 것이기 때문이다. 20분이면 할 수 있는 청소를 한동안 방치하면 날을 잡아 온종일 쓸고 닦고 환기를 시킨다고 해도 좀처럼 원래 모습은 돌아오지 않는다. 가장 놀라운 건, 정기적으로 화장실 청소를 해야 한다는 사실. 어째서? 매일 샤워를 하며 비눗물과 함께 저절로 씻기는 거 아니었어? 그때 나는 찌든 때, 묵은 때 같은 말의 의미를 처음으로 실감했다. 그건 무관심과 방치가 만든 시간의 더께다. 일단 찌들고 묵게 두면, 그때는 이미 늦다.

그래도 빨래는 다르겠지 싶었다. 강력한 모터로 아무리 많은 빨래도 문제없이 돌려 주는 통돌이 세탁기(대략 50만 원)의 파워를 철석같이 믿었던 것이다. 그러니 어느 날 다 된 빨래를 널다가 쉰 냄새를 맡았을 때 내가 얼마나 충격을 받았는지 굳이 설명할 필요는 없으리라. 어느 여름 땀에 젖은 채로 세탁조에 넣어 두었던 아끼는 티셔츠에 곰팡이가 생겼을 때, 거기에 더해 몇 번이나 다시 빨아도 곰팡이가 사라지지 않았을 때 나는 거의 기절할 뻔했다.

일상은 특별한 날에만 하는 이벤트 같은 게 아니다. 작은 관심과 행동들의 반복이고 연속이다. 흔히 말하는 쉰내는 일상의 어느 부분이 방치되고 있다는 신호다. 젖은 옷을 바로 빨 수 없다면 잘 펴서 마르도록 두어야 하고, 다 마른 빨래는 음식물 등의 냄새가 배지 않게 바로바로 걷어야 하며, 빨래가 쉽게 마르지 않는 장마철에는 선풍기를 틀어 두어야 한다는 사실을 나는 쉰내를 통해 비로소 알게 되었다. 빨랫감을 방치하지 않고, 다 된 빨래를 방치하지 않으며, 나아가 세탁조가 오염되지 않도록 세탁기 자체를 방치하지 않아야 한다는 것을, 한 마디로 Don't bang bang bang…….

그 후로 오랫동안 빨래를 하며 나는 이런저런 것들을 배웠다. 수건과 옷을 함께 빨면 위생에도 좋지 않고 수건의 보풀이 옷에 붙기 십상이라는 것, 옷감이 약한 속옷이나 목이 늘어나기 쉬운 티셔츠는 따로 세탁망에 넣어 분리해서 빠는 게 좋다는 것, 빨래를 제대로 펴서 말리지 않으면 빨아도 빤 것 같지 않게 후줄근하게 보인다는 것, 가끔은 세탁기의 먼지망에 모인 먼지를 제거하고 세탁조를 청소해야 한다는 것 등등.

LAUNDRY

그와 동시에 빨래의 기쁨도 자연스럽게 알게 되었다. 한여름에 다 된 빨래를 팡! 하고 털 때 공기 중에 시원하게 퍼지는 수분의 입자나 잘 마른 티셔츠에 목을 집어넣을 때 나는 기분 좋은 냄새, 햇볕에 바싹 구운 수건을 만졌을 때 느껴지는 촉감, 무엇보다 내가 한 사람 몫의 일상을 제법 성실하게 꾸려 가고 있다는 뿌듯함 같은 것들을.

일상이 망가져서 자질구레한 일들을 방치하는 게 아니다. 자질구레한 일들을 방치해서 일상이 망가지는 것이다. 방치하지 않기 위해서는 작은 관심과 행동이 필요하고, 작은 행동과 관심이 필요하다. 그건 작지만 결코 작지만은 않은 것들이다. 세탁기를 포함한 어떤 기계도 대신해 줄 수 없는 것이다.

삶을 살며 우리는 일상을 반복한다. 다시 말하면 반복하는 일상이 우리를 살게 한다는 뜻이기도 하다. 그렇게 나의 시간이 흘러갔다. 스스로를 위한 수백 번의 빨래가 있었고, 두 사람을 위한 수백 번의 빨래가 이어졌다, 아내와 내가 번갈아 가며 하던. 그리고 이제 우리는 세 사람을 위한 빨래를 한다. 아직 스스로 빨래를 할 수 없는 한 사람을 위해 아내와 내가 세 사람 몫의 빨래를 하는 것이다.

우리 아가는 얼마 전에 두 돌을 지났는데, 언제부턴가 어른들이 하는 행동을 따라 하기 시작했다. "나윤이가! 나윤이가!"를 외치며 자기가 빨래 바구니를 들겠다고 우기고, 작은 손으로 젖은 빨래를 꺼내 건조대 옆에 서 있는 엄마 아빠에게 건네주며, 마른 빨래를 걷어 바닥에 늘어놓으면 한자리 차지하고 앉는 식이다. 아가는 가제 수건의 한쪽 끝을 잡고 접어서 개는 시늉을 하는데, 반으로 접은 가제를 쌓지는 못하고, 개켜 놓은 가제는 그대로 두고 엉덩이를 뒤로 쑥 뺀다. 그렇게 만들어진 자기 앞의 공간에 개킨 가제를 놓고 또다시 엉덩이를 뒤로 쑥 빼고 반으로 접은 가제를 놓으며 거실을 일주한다. 반쯤 접힌 가제로 바닥을 뒤덮으면서. 지금 이 글을 쓰기 위해 떠올리는 것만으로도 터지는 웃음을 참을 수 없다. 그러니 나는 이렇게 말해야겠다.

세 가지 빨래가 있다. 다른 사람이 해 주는 빨래, 스스로 하는 빨래, 그리고 다른 사람을 위한 빨래. 그중에서 내가 가장 좋아하는 빨래는 다른 사람을 위한 빨래다. 그때 빨래는 사랑의 다른 이름이다. 어쩌면, 모든 빨래가 이미 그렇다.

작고 소중한 살림 꿀팁

tip

기본에 충실하세요,

Don’t bang bang bang

적지 않은 시간 동안 빨래를 해 왔지만 빨래에 대해 말할 수 있는 건 그리 많지 않다. 적지 않은 시간 동안 인생을 살아왔지만 인생에 대해 말할 수 있는 게 그리 많지 않은 것처럼. 굳이 말하자면 빨래엔 왕도가 없다는 것 정도? 그럴 땐 기본에 충실할 수밖에 없다. 말하자면 이런 것들이다.

1. 음식물 등이 튀어 얼룩이 생겼을 때는 가능한 한 빨리 빨아야 한다. 그럴 수 없는 경우 물과 함께 주방 세제를 조금 묻혀 놓는 것도 방법이다.
2. 땀에 젖은 셔츠나 사용한 수건은 세탁기나 빨래 바구니 등에 겹치지 않게 걸쳐 놓는 것이 좋다.
3. 빨래를 널 때는 탁탁 털어서 널고, 빨래를 걷을 때도 탁탁 털어서 걷자. 먼지도 제거해 주고 구김도 방지해 준다. 기분이 좋아지는 건 덤이다.
4. 라벨을 확인하는 건 언제나 도움이 된다. 최소한 새 옷을 처음으로 세탁할 때는 라벨을 보고 세탁기 사용이 가능한지, 뜨거운 물에 빨아도 되는

지 등을 확인하자.

5. 작동 중이 아닐 때는 항상 세탁기 뚜껑을 열어 놓아야 한다. 통돌이나 드럼 모두.
6. 도구를 적극적으로 활용하자. 예를 들어, 아내와 나는 양말과 속옷 등 작은 빨래만 따로 걸 수 있는 집게형 건조대를 사용한 후 생활의 질이 120% 상승했다.
7. 세탁기에 막 돌릴 수 없는 니트나 울, 실크 등의 소재나 아끼는 옷은 과감하게 세탁소에 맡기자. 스트레스도 덜 받고 옷도 오래 입을 수 있으니 장기적으로 보면 그게 더 돈을 아끼는 길일 수 있다!

이것이 바로 빨래의 행복이
120% 상승하는 건조대

 **모호연**

어딘가 애매하고 모호한 존재들을 사랑하는 사람. 함께 사는 물건들에게 지극히 다정한 반려자다. 일러스트레이터 이다(2da)와 함께 일상적인 예술 창작을 위한 '소사프로젝트'를 운영하고 있다.

사서 쓰기와
내가 만들기 사이의 균형잡기

나를 돌보는 일상의 만들기

저는 물건을 좋아하는 사람입니다. 가지고 있는 물건에 애착을 갖는 것은 물론, 떠나보낸 물건에 대해서도 종종 생각할 정도입니다. 다른 사람과 함께 쓰거나 물려받은 물건이라면 이만큼 사랑하게 되기는 어렵겠지요. 저 역시 자취를 시작하면서부터 물건에 마음을 쓰기 시작했습니다. 오로지 나를 위해 물건을 구입하게 되자 그동안 당연하게만 느꼈던 생활용품이나 가구에 대한 생각도 많이 달라졌습니다. 새 물건을 사면 그것을 건사할 책임이 생겼고, 고장이 나거나 쓰임을 다했을 때 처분하는 것도 내 몫이 됐거든요. 물건의 운명이 나에게 달렸다고 생각하니 물건을 사는 일도 가끔은 만만치 않게 느껴집니다.

그뿐인가요. 집은 마치 살아 있는 생물과도 같습니다. 늘 관심과 주의를 기울여야 하고 계절이 바뀔 때마다 특별한 요구를 해 옵니다. 장마철에는 집 안에 곰팡이가 슬지 않게 난방을 하거나 제습기를 틀어 건조시켜야 하고, 한파가 닥치면 수도관이 동파되지 않도록 물을 틀어 놓거나 보온을 하는 등 대비가 필요합니다. 쾌적한 생활을 위해서는 악취 방지, 쓰레기 처리, 해충 박멸까지 해야 할 일이 어찌나 많은지요. 저는 대부분의 일을 집에서 하는 프리랜서이기에 업무 공간이면서 동시에 휴식 공간이기도 한 집을 잘 살피고 관리해야 합니다.

이를 위해 '만들기'를 중요한 습관으로 삼았습니다. 일상의 만들기는 취미보다는 살림에 가깝습니다. 생활에 필요한 물건을 만들거나, 망가진 것을 직접 수리하면서 내가 느끼는 일상의 불편을 하나씩 줄여 가는 것입니다. 일상의 만들기는 적극적으로 '나'를 편안하게 해 주려는 다정한 노력이지요. 내 물건, 내 자리, 내 방, 내 집이 괜찮은지를 수시로 살피면서 '불편하지 않은가?'를 묻고, 조금이나마 개선할 방향을 고민해 보는 것입니다.

만들기의 목표는 거창하지 않습니다. 하루, 한 가지, 혼자서 할 수 있는 정도로 작은 일입니다. 예를 들어 낡은 시곗줄을 갈거나, 직접 앞머리를 자르거나, 세면대 마개를 교체하는 일은 남들에게 자랑할 만큼 특별한 성취가 아니기 때문에 사소하게 느꺼질 수 있습니다. 그러나 필요한 일을 스스로 해결하는 과정은 꽤 흐뭇하고 재미있습니다. 남에게 맡긴다는 부담감이 없고, 내가 원하는 시간에 할 수 있다는 장점도 있습니다. 만들기를 하다 보면 늘 뜻한 대로 되지는 않고, 종종 우스꽝스러운 결과를 낳기도 하지만 그래도 괜찮습니다. 반드시 다음에는 이것보다 잘하게 되리라는 걸 경험으로 알고 있으니까요.

나를 위한 맞춤 물건 만들기

제 책상에 놓인 모니터 받침대는 아주 평범하게 생겼습니다. 폭은 51센티미터, 높이 9센티미터, 상판의 두께 1.8센티미터, 가운데 수납 선반이 있어 마치 뒤집힌 'ㅂ'자를 닮았습니다. 겉보기엔 시중의 다른 제품과 다를 게 없어 보이지만 저에겐 아주 특별한 물건입니다. 제 눈높이와 모니터의 크기, 책상의 면적 등에 맞게 직접 만들었기 때문입니다.

전에 사용하던 모니터 받침대는 산 지 2년 만에 상판이 휘고 말았습니다. 그 때문에 모니터가 기울어져서 자꾸만 제 고개도 따라 돌아가더군요. 새것을 사려고 인터넷을 뒤져 보았지만, 좀처럼 마음에 드는 물건이 없었습니다. 쇼핑몰을 너무 많이 봐서 울렁증이 생긴 저는 문득 이런 생각이 들었습니다. '규격대로 만들어진 걸 사지 말고, 내가 원하는 대로 만들어 보는 건 어떨까?' 빈 종이를 꺼내 모니터 받침대에 원하는 조건들을 적어 봤습니다.

'내 모니터는 화면이 16:9 비율로 가로가 매우 길고 세로가 짧아서 다른 모니터보다 시선이 낮아진다. 어깨나 목에 무리가 안 가려면 눈높이는 지금보다 2센티미터 정도 높아야 한다. 전에 쓰던 받침대는 폭이 넓고 상판의 두께가 얇아 모니터의 무세를 견디지 못했다. 상판이 휘지 않으려면 폭은 최대한 좁고 판재가 두꺼워야 한다.'

생각한 대로 간략한 도면을 그린 다음, 인터넷에서 '목재 재단'을 검색해 나무를 재단해 주는 사이트를 찾았습니다. 목재를 고르고, 원하는 치수를 기입하면 밀리미터 단위로 재단된 나무를 택배나 화물로 보내 주는 업체들이 있습니다. 그중 한곳에 나무를 주문한 뒤, 도착할 때까지 목공의 기초와 요령을 열심히 찾아 읽었습니다.

목재가 도착한 날, 나무의 거친 표면을 사포로 매끈하게 다듬었습니다. 연필로 나사 위치를 표시하고, 미니 전동 드릴로 구멍을 뚫었습니다. 연결 부위에 목공용 풀을 바른 다음, 미리 뚫어 놓은 구멍에 나사못을 박아 단단하게 붙였습니다. 모니터 받침대는 모양이 단순해서 만드는 데 30분이 채 걸리지 않았습니

3M
1800

다. 직접 만든 받침대 위에 모니터를 올려놓았을 때의 그 감격이란! 해냈다는 뿌듯함은 물론이고 이제 맞는 물건을 찾아 헤매지 않아도 된다는 후련함이 동시에 느껴졌습니다.

함께 사는 친구에게도 모니터 받침대를 하나 만들어 주었는데, 친구의 모니터는 제 것보다 크고 무거워서 상판 가운데에 다리를 추가하고 높이는 더 낮게 만들었습니다. 'ㅌ'자를 90도로 돌려놓은 모양인 셈인데요, 그것은 제가 아니라 그 사람에게 꼭 맞는 디자인이지요.

제가 생각하기에 좋은 물건이란 쓰는 사람에게 잘 맞는 물건입니다. 공산품은 많은 사람에게 판매하기 위해 일정한 규격으로 생산되지만, 그것이 나에게도 잘 맞으리라는 보장은 없어요. 오히려 내가 그 물건에 맞추어 적응해야 할 때가 많습니다. 그러나 '직접 만든다'는 선택지가 생기면 물건을 보는 눈이 달라집니다. 나에게 편한 조건이 무엇인지 한 번 더 생각하게 되지요. 내 마음에 귀를 기울인다면, 누구보다 나에게 잘 맞는 물건을 만들 수 있습니다.

만들기의 과정과 재료 선택하기

만들기로 성취감을 느껴 보면, 손으로 바꾸고 탄생시키는 것은 무엇이든 해 보고 싶어집니다. 가방 만들기, 옷 수선하기, 커튼 달기, 문손잡이 교체하기, 페인트칠하기, 방수 실리콘 보수하기, 세면대 배수관 교체하기, 욕조 코팅, 친환경 샴푸와 세제 만들기 등……. 그동안 제가 해 봤거나 종종 하고 있는 일입니다. '해 본 일'이 많아질수록 갑작스러운 문제나 필요가 발생해도 전보다 불안을 덜 느낍니다. 그 문제를 해결하는 방법은 분명히 있을 테고, 어쩌면 내가 해결할지도 모른다는 희망이 있으니까요.

몇 년 사이 목공 실력도 많이 늘었습니다. 이제는 책장이나 조리대, 옷장 등의 가구를 공간에 맞게 직접 만들어 씁니다. 지금 사는 집에는 벙커 침대가 있는데, 키가 높고 면적이 넓어서 마치 다락방처럼 보입니다. 어깨높이의 큼직한 수납장 세 개와 나무 골조가 침대를 떠받치고 있고, 계단과 중간 마루를 올라야 침대에 들어갈 수 있습니다. 누워서 팔을 뻗으면 손끝에 천장이 닿는데, 마치 시베리아 횡단 열차의 2층 침대에 누워 있는 것 같아요. 잘 때마다 여행하는 기분입니다. 기둥 역할을 하는 수납장들 사이에는 통로가 있어 들어가서 물건을 넣고 빼기 수월합니다. 실제로 본 사람들은 전문가가 아닌 제가 이 벙커 침대를 만들었다는 사실에 깜짝 놀라지만, 아무리 복잡한 만들기도 과정은 크게 다르지 않습니다. 다음과 같이 아주 기본적인 순서를 따르는 편입니다.

1. 구상하기 → 2. 도면 그리기 → 3. 재료 구하기 → 4. 만들기

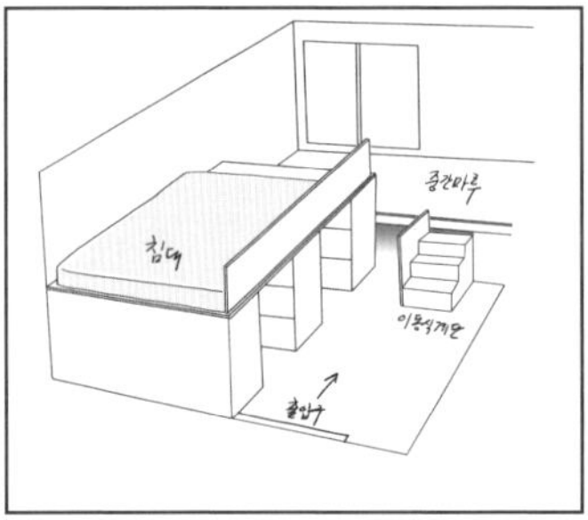

이게 바로 벙커 침대 도면입니다.

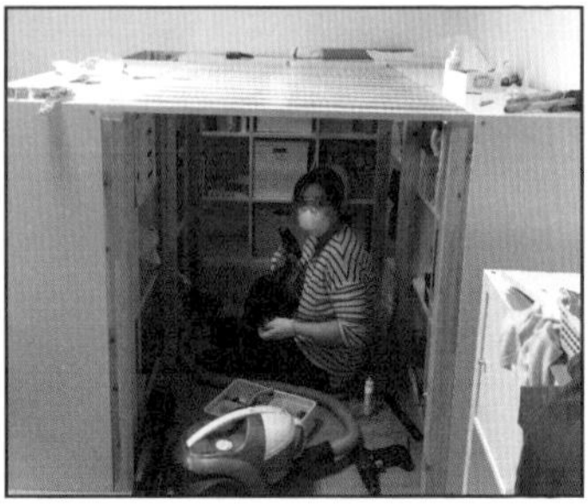
작업 중인 모호연 목수

짜잔! 이렇게 완성되었어요.

만들기 전체에 들이는 시간을 비율로 따져 보면 5:3:1:1 정도입니다. 구상이란 만들거나 고쳐야 할 물건에 대해 생각해 보는

것입니다. 책이나 인터넷으로 만드는 법을 찾아보고 내가 할 수 있겠는지 여러모로 짐작해 봅니다. 정보를 많이 얻을수록 만드는 과정이나 물건에 대해 구체적으로 떠올리게 됩니다.

도면은 종이나 컴퓨터에 그립니다. 실제 비율에 맞게 계산해서 그려야 생각과 완성품의 차이를 줄일 수 있습니다. 도면을 그리다 보면 새로운 아이디어가 더해져서 처음 계획과 다른 물건이 탄생하기도 합니다. 비교적 시간이 오래 걸리는 이유도 그 때문입니다.

만들기의 재료는 구상 단계에서부터 생각합니다. 어떤 물건을 리폼해서 재사용할 목적으로 만들기를 시작하는 경우도 많고요. 무엇보다 재료 선택은 신중할수록 좋습니다. 아무리 좋은 목적으로 시작한다고 해도, 재료를 얻는 과정에서 많은 쓰레기(택배 상자, 완충 포장재, 비닐봉지, 플라스틱 쓰레기 등)가 발생하기도 하니까요. 환경적으로 보면 만들기도 100% '생산적인 활동'이라고 말할 수는 없습니다. 비슷한 기능의 물건을 이미 갖고 있다면 만들지 않는 편이 오히려 생산적입니다.

만들기 재료를 선택하는 나만의 규칙

- 가지고 있는 재료와 물건을 적극 활용한다
- 주변에서 쉽게 얻을 수 있는 재료인지 생각한다

- 환경에 부담이 되지 않는 자연 재료를 활용한다
- 버려지는 물건이나 재활용 쓰레기를 이용한 업사이클링에 도전한다
- 아는 사람의 물건을 사용할 때는 원래 주인에게 허락을 맡는다

스스로 정한 규칙에 따라 재료를 정하면 만족감이 더 큽니다. 얼마 전에는 쓰고 남은 마끈을 손뜨개로 엮어서 주방 수세미를 만들었는데요. 재료를 구하기도 쉽고 마(삼베)는 100% 식물 섬유라서 환경에 부담이 적습니다. 결론적으로 마끈은 저의 규칙에 맞는 재료이지요.

자연에서 구할 수 있는 재료도 많습니다. 저는 바닷가에 가면 조개껍질을 주워 오는데, 껍질 뒷면에 자석을 부착하면 특별하고 쓸모 있는 냉장고 자석이 됩니다. 냉장고를 볼 때마다 바다 생각이 나지요. 겨울에는 산책로에서 주운 밤나무 가지나 도토리, 솔방울로 테이블을 장식하고, 가지치기를 하는 시기에는 마음에 드는 나뭇가지를 주워다가 식물들을 걸어 두는 화분 걸이대, 옷걸이 등을 만들기도 합니다. 가을에는 낙엽을 말려서 벽지에 생긴 못 자국이나 얼룩에 붙여 보면 기분이 색달라집니다. 마음이 변해도 버리기 쉽고요. 자연과 친하게 지내면 계절이 바뀔 때마다 새로운 재료와 아이디어를 얻을 수 있습니다.

가구도 재료가 될 수 있습니다. 쓰지 않는 가구를 분해해서 멀쩡한 판재를 다시 사용하는 것입니다. 벙커 침대를 만드는 데 쓰인 나무도 80%는 재사용한 것이에요. 가끔은 버리는 물건에서도 쓸 만한 부분(병마개, 경첩, 가구 바퀴 등)을 모았다가 나중에 다른 물건을 리폼하는 데 사용하기도 합니다. 재료를 다시 쓰면 비용도 아끼고 환경에도 해를 덜 끼치지요. 재료를 구하기 어렵거나 만드는 과정이 까다롭다면 완제품을 사서 쓰는 편이 유리한 경우가 많아요. 그러니 만들기를 할 때는 '할 수 있는지'를 생각한 다음, '해도 괜찮은지'를 따져보는 것도 중요합니다.

마지막으로, 버려진 물건이라도 아는 사람의 것이었다면 사용하기 전에 원래 주인에게 허락을 맡습니다. 물건을 잘못 버렸을 가능성도 있고, 고장 났더라도 타인이 자기 물건을 만지는 데 불편을 느끼는 사람도 있으니 반드시 확인 후에 만들기를 시작하기 바랍니다(친구가 아끼는 헬로키티 라디오를 멋대로 분해해서 미안합니다……. 피해를 입은 친구에게 다시 한 번 사과를 전합니다).

실패해도 괜찮아, 나는 또 만들 테니까

만들기를 하다 보면 종종 예상치 못한 실패를 겪습니다. 저 역시 호기심에 건드렸다가 망가뜨린 물건이 여럿이고, 버리지 못하고 대충 수습해 쓰고 있는 물건들도 있습니다. 얼마 전에는 현관문의 전자 도어록을 떼어 내려다가 사고를 쳤는데요. 적절한 공구가 없어서 도어록은 떼어 내지 못하고 문을 여닫는 데 쓰는 중요한 부품만 잃어버렸습니다. 지금은 나무토막을 부품 모양으로 깎아서 붙여 쓰고 있지요. 다행히 작동은 하지만, 현관문을 여닫을 때마다 나무토막을 보면 제 실수가 떠올라 헛웃음이 납니다.

항상 금손인 건 아닙니다.

아무리 사소한 일이라도 생각대로 안 되면 속상하지만, 만들기를 계속하려면 후회스러운 일도 잊지 않고 돌아보는 게 중요한 것 같아요. 제가 만들기를 할 때마다 생각해 보는 몇 가지 지침이 있습니다.

1. '기왕이면'을 조심하자

어떤 작업이든 일단 쉽게 구할 수 있는 재료와 공구를 먼저 사용해 봅니다. 처음 해 보는 작업이라면 더욱 그렇습니다. '기왕이면 좋은 걸로 갖춰야지.'라는 생각은 위험합니다. 이 욕심은 한 번 시작되면 그치기 어렵고, 만들기에 집중하기보다 더 비싼 재료나 장비에 눈독을 들이게 되더라고요. 부담 없는 만들기를 위해서는 적은 비용으로 최선의 결과를 얻는 방법을 계속 연구해야 합니다. 그러다 보면 비용을 아끼면서도 창의적인 아이디어를 발견할 수 있습니다.

2. 실패 가능성을 미리 생각하자

만드는 과정을 알더라도 경험이 적다면 '내가 이것을 망가뜨려도 큰 손해가 없는지' 생각해 봅니다. 예를 들어, 망가진 의자를 고치다가 실패하면 별로 손해 본 것이 아니지만 핸드폰을 직접 수리하려고 액정을 열었다가 망가뜨리면 돌이킬 수 없는 큰 손해가 생깁니다(저는 정말 알고 싶지 않았습니다……). 이렇듯 경험과 기술이 부족하여 생기는 사고에 대비해 실패할 수 있다는 생각을 열어 두어야 합니다. 물건이 비싸지 않더라도 아끼는 것이라면 신중하게 작업해야 합니다.

3. 위험한 일은 전문가에게 맡기자

인화 물질을 다루거나, 무겁고 위험한 기계를 쓰거나, 그 밖에 전문 지식이 필요한 일이라면 아무리 주의해도 안전사고가 발생할 수 있습니다. 살림은 모험이 아닌 실전입니다. 전문 기술자에게 맡기는 비용을 아까워하지 마세요. 거기에는 우리의 안

심 비용과 안전 비용이 포함되어 있습니다.

4. 내가 하고 싶은 만들기를 하자

케이크를 만들 수 있다고 해서 매번 만들어서 먹어야 할까요? 직접 할 수 있는 일이라고 해서 뭐든지 해야만 하는 것은 아닙니다. 어떤 일이 버겁게 느껴지거나 만드는 과정이 기쁘지 않다면 무리하지 말고 다른 일을 위해 에너지를 아껴 둡니다. 일상의 만들기는 나 자신을 위하는 활동이므로, 내 능력과 별개로 내가 하고 싶은 만들기를 하는 게 제일 좋습니다.

5. 실수에 너그러운 사람이 되자

무엇이든 처음부터 실수 없이 잘하기는 어렵습니다. 긍정적으로 보면, 오히려 실수는 새로운 도전을 했다는 증거일 수 있습니다. 나중에는 재미있는 이야깃거리가 되기도 하고요. 만들기에 있어서 저에게 타고난 재능이 있다면, 적당히 만족하고 적응하는 부분이 아닐까 해요. 마음에 쏙 들지 않아도 내가 만들거나 고친 것의 좋은 점을 쏙쏙 찾아내거든요. 일단 스스로 하고 싶어서 하는 일에는 아주 너그러운 사람이 되려고 합니다. 제가 무엇을 할 수 있는지 발견하려면 이것저것 도전해 봐야 하니까요.

작고 소중한 살림 꿀팁

tip

물건의 용도 바꾸기

'용도 바꾸기'는 제가 일상적으로 활용하고 있는 DIY 꿀팁입니다. 물건의 용도나 사용하는 위치를 바꾸는 것만으로도 물건을 얼마든지 새롭게 쓸 수 있습니다.

° 재료: 당장은 쓰지 않지만 버리고 싶지 않은 물건(A), 종이와 필기구

° 물건을 앞에 두고 꼼꼼하게 살펴본 후, 다음 항목에 답해 봅니다.

1. 물건(A)의 원래 용도는 무엇인가?
2. 특별히 좋아하는 부분이나 추억이 있는가?
3. 물건(A)은 어떤 소재로 되어 있는가? 소재의 특징은 무엇인가?
4. 같은 소재로 된 물건에는 어떤 것이 있는지 아무거나 생각나는 대로 적어 보자.
5. 위에 적은 목록에서 물건(A)의 구조나 모양과 비슷한 물건을 골라 보자.

5번 항목까지 열심히 답했다면, 아마 몇 가지 새로운 용도를 찾아냈을 것입니다. 당장 필요한 곳에 그 물건을 활용해 보세요. 이러한 연상 과정이 익숙하지 않아서 잘 모르겠다고요? 그럼 제가 그동안 해 왔던 '용도 바꾸기'의 예를 들어 볼까요?

저는 작업실에서 쓰던 키 큰 책장을 방에 가로로 눕혀 긴 의자로 사용하고 있습니다. 빛이 드는 창가에 앉아 책을 읽거나 휴식하는 용도로 쓰지요. 의자에 수납할 수 있는 건 덤이고요.

거실 스탠드의 기둥을 짧게 리폼해서 지금은 탁상 스탠드로 쓰는데, 오래 쓴 조명인데도 느낌이 새롭습니다. 바닥에 금이 간 찻주전자는 흙을 담아서 식물 화분으로 쓰고요. 고장 난 탁상시계는 시계 판을 떼고 그림이나 사진을 넣어 액자로 사용해 봅니다. 반대로 액자나 쟁반, 도마같이 납작한 물건에 구멍을 뚫어 시계 무브먼트를 달면 멋진 시계가 되겠지요?

탁상 스탠드가 된 거실 스탠드

화분으로 쓰는 찻주전자

유리병은 특히 쓸모가 많습니다. 양초 홀더, 식물 화병, 미니 전구를 담은 무드 등, 못 수납함……. '투명하다'는 유리 소재의 특징을 생각하면 얼마든지 용도를 생각해 낼 수 있지요. 제가 특별히 추천하는 DIY는 '침구로 쿠션 만들기'입니다. 당장 쓰지 않는 침대 시트, 깔개 등을 잘 접어서 부피를 줄인 다음 예쁜 천으로 싸서 쿠션이나 방석을 만드는 것입니다. 바느질이 귀찮을 땐 옷핀으로 고정하거나, 가지고 있는 커버에 넣습니다. 수납공간은 부족한데 버릴 수 없는 물건이라면 이처럼 다른 용도의 물건으로 만들어 활용할 수 있습니다.

여러분이 가지고 있는 물건에 관심을 가지고 새로운 쓸모를 찾아내 보세요. 두고두고 도움이 되는 흐뭇한 살림 습관이 될 것입니다.

텀블러를 재활용한 조명

침구를 이용해 만든 방석과 쿠션

이랑

멀티 아티스트. 음악과 영화, 책 만드는 일을 전부 직업으로 삼고 있다. 마음이 복잡할 때는 책상을 정리하고 엑셀로 정리한 가계부와 스케줄표를 들여다본다. 문구점 쇼핑을 좋아한다. 이랑은 본명이다.

작은 ㄷ자 안에서
예술 회사 꾸려 나가기

서랍의 소중함을 느끼는 어른

제 인생에서 책상이 없었던 시간이 기억나지 않습니다. 스스로 걷지 못하던 유아 시절에도 책상과 의자가 일체화된, 거기에 바퀴까지 달린 이동식 책상을 즐겨 썼습니다(유아용 보행기라는 물건입니다). 청소년 시절에는 유난히 노란빛이 돌던 h형 책상+책장 세트를 썼습니다. 책상 아래엔 삼단 서랍이 있었습니다. 생각보다 많은 것들을 숨기고 살아야 하는 시기였기에(저만 그런가요?) 서랍장에서 서랍을 다 빼내고 나서 손을 넣을 수 있는 공간에 아이돌 사진, 교환 일기장, 돈, 게임기 등을 숨겼던 기억이 납니다.

집을 나와 독립한 이후, 제가 가진 돈으로는 그 어떤 가구도 살 수 없었고, 꽤 오랫동안 MDF 박스로 대부분의 인테리어를 해결했습니다. 여러 개 쌓아 올려 책장으로도 쓰고, 위에 얇은 합판을 깔아 책상으로 쓰기도 하면서요. 옅은 베이지색 MDF 박스가 질린다 싶으면 초록색 플라스틱 우유 박스로 인테리어에 색을 더했습니다. 하지만 이 박스들은 한쪽이 트여 있어 '서랍'의 역할을 하지 못했습니다. 안에 들어 있는 것들이 밖으로 다 보이는 게 싫었지만 달리 선택지가 없었습니다. 그렇게 저는 서랍의 소중함을 느끼는 어른이 되었습니다.

지금 쓰고 있는 책상은 올해로 아홉 살이 됐습니다. 목수인 친구에게 주문 제작한, 세상에서 단 하나뿐인 책상입니다. 짙은 멀바우 나무 상판 아래 긴 서랍이 두 개 달려 있고, 책상 위에 올려놓고 쓸 수 있는 작은 삼단 서랍이 따로 있습니다. 다섯 개의 서랍이 있는 이 책상을, 저를 포함해 총 다섯 명이 함께 쓰는 공동 작업실에서 잘 쓰고 있습니다.

저를 뮤지션으로 아는 분이 많아서 그런지 제가 작업실이 있다고 이야기하면 대부분 녹음 스튜디오를 떠올리더군요. 하지만 제 작업실은 다섯 개의 책상과 책장, 그리고 공용 테이블이 있는 지극히 사무적인 공간입니다(조금 자랑하자면 얼음 정수기와 마사지 의자도 있습니다).

작업실이 녹음실이 아니라 완전히 사무 공간의 형태인 것은 그만큼 제게 사무가 많기 때문입니다. '이랑'이라는 사람이 고용주고, 소속 아티스트고, 영업부장이고, 회계이고, 고객 만족 서비스 센터인 1인 다역 운영 체제의 작은 예술 회사라고 할까요. 이 회사엔 출근과 퇴근 시간이 확실하게 정해져 있지는 않지만, 저는 주로 오후 두세 시에 출근해서 저녁 열 시에서 열한 시쯤 퇴근합니다(종종 철야도 합니다).

ㄷ자 안의 예술 회사 살림

작업실 문가에 있는 제 자리는 ㄷ자 모양으로 생겼습니다. ㄷ자의 위쪽에 책상, 옆쪽과 아래쪽은 책장으로 둘러싸여 있고 저는 이 ㄷ자 한가운데 의자를 놓고 매일 앉아 있습니다(제 카톡 상태 메시지는 '앉아 있음'입니다). 이 글을 쓰다 말고 ㄷ자 크기를 재 봤더니 가로세로 각 2미터 조금 안 되네요. 이 작은 ㄷ자 안에 저의 프리랜서 예술인 생활이 모두 담겨 있다고 해도 과언이 아닐 겁니다. 그럼 이제 ㄷ자 안 예술 회사 살림에 대해 좀 더 자세히 이야기해 볼게요.

커피를 한 잔 사 들고 작업실에 출근하면 제일 먼저 일정을 체크합니다. 손으로 쓰는 다이어리와 컴퓨터 모니터에 붙은 포스트잇, 그리고 'Notion'이라는 프로그램으로 정리한 일정표를

각각 확인합니다. 책상 위 공간 활용을 위해 노트북은 '노트북 암(notebook arm)'이라는 장치로 공중에 띄워 두었습니다. 이렇게 노트북을 공중 부양시켜 두면 그 아래 다른 물건들을 둘 수 있어서 편합니다. 노트북을 본체로 쓰고 별도의 모니터와 키보드, 마우스를 연결해 듀얼 모니터 체제로 업무를 합니다.

노트북과 연결해 쓰는 커다란 모니터는 메인 업무용 모니터입니다(이 원고도 그 모니터를 보면서 쓰고 있습니다). 메인 업무용 모니터 프레임에 투명 아크릴 보드(다이소에서 살 수 있음)를 달고 포스트잇에 급한 업무 순서대로 내용을 써서 붙여 둡니다. 작업을 완료하면 하나씩 떼서 버립니다. 작업이 쌓여 있을 땐 포스트잇이 빽빽해 출근한 제 마음도 무겁지요.

책상 상판 아래 양쪽으로 두 개의 기다란 서랍이 있습니다. 먼저 왼쪽 서랍을 열어 보겠습니다. 서랍 안에 여러 개의 포스트잇이 붙어 있네요. 포스트잇을 비밀스럽게 서랍 안에 붙여 둔 데는 다 이유가 있겠지요? 그렇습니다. 바꾼 비밀번호가 생각나지 않아 고생한 경험이 많은 제게 정말 중요한 각종 비밀번호가 적혀 있습니다. 영문 대문자, 소문자, 특수 기호, 연결되지 않는 숫자로 비밀번호를 만들어도 3개월에 한 번씩 바꾸다 보니 좀처럼 기억하기 어렵더군요.

서랍 속에 비밀번호만 있냐고요? 그건 아닙니다. 예술 회사

업무에 아주 중요한 도장과 인주도 들어 있습니다. 한 번의 공연을 할 때도, 한 편의 원고를 쓸 때도 계약서를 확실하게 쓰고 일을 시작해야 하기에 도장을 지참하고 있습니다(도장이 없으면 사인을 해도 됩니다).

업무상 분쟁이 생기지 않으면 가장 좋지만, 분쟁이 생기면 계약서 내용을 토대로 싸워야 하니 언제나 계약서를 꼼꼼하게 보고 도장을 찍기 전에 다시 한 번 검토하는 시간을 가집니다. 계약서는 똑같은 내용으로 두 부를 마련해 양쪽 모두 도장을 찍고 각각 보관합니다. 계약서를 받고, 검토하고, 도장을 찍고, 일하고 나면 업무 완료? 아니요. 약속한 돈을 받아야지요.

상대방은 저에게 인건비를 지급했음을 국세청에 신고하고, 저는 돈을 지불하는 사람 혹은 회사에 통장과 신분증 사본을 제출합니다. 그래서 제 서랍에는 도장의 친구, 통장도 함께 들어 있습니다. 파일로도 통장 사본을 가지고 있지만 갑자기 증발할지도 모르니 본체를 잘 갖고 있어야죠. 정말, 저는 서랍이 없으면 큰일이에요.

오른쪽 서랍에는 무엇이 있을까요? 바로 각종 문구류가 들어 있습니다. 자, 커터 칼, 가위, 풀, 테이프, 클립, 다양한 크기의 포스트잇과 계산기가 들어 있습니다. 계산기를 쓸 일은 생각보다 많습니다. 일을 끝내고 입금되기까지의 시간이 생각보다 긴데다 계약서에 쓰인 금액에서 세금을 떼고(소득 종류에 따라 3.3~8.8%) 들어오기 때문에 계산기를 뚜드려 확인합니다. 스마트폰 안에도 계산기가 있지만 저는 버튼을 누르는 감각이 좋아서 기계식 계산기를 씁니다. 아무도 안 물어봤지만 문구류 중에 제일 좋아하는 세 가지를 딱 꼽으라고 한다면…… 저는 포스트잇, 계산기 그리고 클리어 파일을 고를 겁니다(펜은 있다 치고).

클리어 파일은 실물 외장 하드의 역할을 합니다. 웹이나 하드에서 갑자기 증발했을 때 큰 문제가 될 법한 서류들은 다 실물로 챙겨 두려고 노력합니다.

그중 첫 번째가 계약서, 두 번째가 해촉증명서입니다. 전 어떤 회사에 소속해 몇 년간의 활동을 계약하고 한꺼번에 정산을 받는 게 아니라 1인 프리랜서로 공연 한 건, 글 한 편, 책 한 권, 이렇게 건별로 계약을 합니다. 그리고 해당 업무가 끝나면 이를 증명하는 해촉증명서를 받아 둡니다(해촉은 위촉의 반대말로, 해당 직책에서 물러남을 뜻합니다). 이 문서를 잘 갖고 있다가 매년 소득 내용을 근거로 정해지는 국민건강보험료나 국민연금을 조정할 때 쓴답니다. 전에는 이렇게 많은 문서를 종이로 다 갖고 있어야 할 줄은 상상도 못 했어요.

모으고 분리하고 정리하는 이유는

건강보험공단에서 처음으로 편지가 날아왔던 때가 아직도 기억납니다. 대학을 막 졸업했을 때였던 것 같아요. '축하합니다! 건강보험공단 지역가입자가 되셨습니다' 같은 문구가 쓰인 안내장이었는데 제게는 전혀 축하받을 일이 아닌데다, 이미 학자금 대출로 빚만 수천만 원 쌓여 있는 상황이었답니다. 매달 몇만 원의 보험료를 낼 수 있는 형편이 아니었기에 바로 공단에 전화를 걸어 어찌 된 일인지 따져 물었습니다.

"제가 지역가입자가 됐다고 문서가 왔는데 이게 무슨 말인가요?"

"소득이 있다는 게 확인됐으니, 앞으로 보험료를 내셔야 합니다."

"그럴 리가요. 저는 돈이 없는데요?"

"그럼 증명하세요."

"어떻게 증명하나요?"

그때 해촉증명서라는 존재를 처음으로 듣고 한동안 인터넷에서 양식을 찾아 헤맸던 기억이 납니다. 지금까지 일해 본 수많은 업체 중에 해촉증명서를 먼저 보내 주는 곳은 한 군데도 없었고요. 제가 미리 만들어 둔 양식을 보내고 문서를 받아 공단에 팩스를 보내는 일을 처리해야 했습니다(21세기에 팩스가 웬 말이죠!).

오랜 프리랜서 생활로 꽤 익숙해졌기는 하나 1년에 한 번 하는 공인인증서 갱신처럼 여전히 번거로운 일입니다. 일이 많을 땐 1년에 수십 건의 해촉증명서를 받아야 하는데요, 조금이라도 효율을 높이기 위해 계약서와 해촉증명서를 연도별로 클리어 파일에 미리미리 정리해 둡니다. 제 소득이 어디에서 발생했는지 알려주는 이런 서류들은 은행에서 대출을 받을 때도 심사 자료가 되기 때문에 몇 년 치를 버리지 않고 잘 모아 둡니다.

이 밖에도 경비 처리를 위해 모아 두는 영수증, 물품 보증서, 저작권협회 가입 증서, 보험 증서, 집과 작업실 계약서 등등…… 이 세상에는 종이로 존재하는 서류가 너무나 많고, 저는 클리어 파일을 항상 넉넉히 마련해 둡니다. 여러분도 실물로 모아 놓은 문서가 있나요?

생각보다 많은 문서를 실물로 보관하는 게 불편하기도 하지만 외장 하드를 한번 크게 날려 먹은 뒤로 서류를 잘 모아 두는 습관이 생겼습니다. 외장 하드가 날아간 그 사건은…… 하루아침에 뇌를 잃어버린 것처럼 충격적인 일이었지요. 그날 이후로 데일리용과 백업용을 구분해 두고 조심해서 씁니다. 두 개의 외장 하드를 똑같은 내용물로 채우고 하나는 컴퓨터와 자주 연결하는 데일리용, 다른 하나는 백업용으로 보관합니다. 시간이 지나 데일리용이 제 명을 다하면 백업용 외장 하드가 데일리용으로 승진하고, 새로 백업용 외장 하드를 하나 더 만드는 거죠(하드 복구 업체에서 알려준 팁입니다).

그나저나 책상 위에 작은 삼단 서랍이 있다고 했던 것을 기억하시나요?

이 삼단 서랍 안에는 수많은 명함이 차곡차곡 들어 있습니다. 인사할 때 주고받은 명함을 잘 모아 뒀다가 제 중요한 업무 중 하나인 '영업·홍보' 일을 할 때 한꺼번에 꺼내 봅니다. 새로운 책이나 앨범을 만들고 난 뒤 선물로 보내기 위해서지요. 유명 브랜드에서 SNS 셀럽들에게 제품을 보내고 은근히 광고를 부탁하는 것처럼 저도 제 새로운 작품에 관심이 있을 만한, 그리고 홍보에 도움을 줄 만한 분들에게 작품을 보냅니다. 홍보와 관계없이 평소에 좋아하던 아티스트나 제작에 참여한 스태프들에게도 보내고요. 그래서 팔지 않고 선물하는 개수를 고려해 넉넉하게 작품을 제작한답니다. 휴. 업무가 너무 많죠?

다소 귀찮고 때로 불편하지만, 모으고 분리하고 정리하는 이유는 단지 '책상을 깨끗하게 쓰기 위해서'만이 아닙니다. 이 정리 스킬이 '먹고살기', 즉 생계와 연결되기 때문이지요.

이제 책상과 책상 주변 살림에 대해 어느 정도 이야기를 늘어놓은 것 같으니 컴퓨터 안에 있는 것들에 대해 이야기해 볼까 합니다. 제 컴퓨터 업무에서 가장 중요한 건 이메일이랍니다. 메일이 뭐 그렇게 중요하냐고요? 일 소식은 모두 메일을 통해 오기에, 출근하지 않는 날에도 매일, 메일함에 들어가 봅니다. 공연이나 토크 행사 의뢰, 원고 청탁 등 어떤 일이 생길지 기대하며 하루에도 몇 번씩 새로운 메일이 왔는지 확인합니다(일이 끊겼을 때 대처법은 뒤에서 따로 설명할게요).

저는 SNS에 주소를 공개해 둔 공식 메일함 하나와 주소를 공개하지 않은 개인 메일함 하나를 따로 쓰는데요. 공식 메일함에는 제게 처음 일을 의뢰하는 메일이 오고, 개인 메일함에서는 저와 업무를 오래 했거나 긴 호흡의 프로젝트를 시작한 관계자들과 연락을 주고받습니다. 주소가 공개된 공식 메일함은 2년 전부터 관리자를 고용해 관리를 맡겼습니다.

두 군데의 메일함 관리를 제가 직접 할 수 있긴 하지만, 예술회사 사무 사이사이 창작할 시간을 조금이라도 더 확보하기 위해 메일 관리자를 고용하기로 했습니다. 메일 관리자는 공식 메일함에 새로 온 메일 내용을 짧게 요약해 제게 알려줍니다. 제가 답장할 내용을 짧게 남기면 관리자는 그 내용을 아주 정중하고 상냥한 어투로 풀어 써서 회신합니다.

공식 메일함의 메일 서명은 관리자 이름과 공식 메일 주소로, 개인 메일함의 서명은 제 이름과 연락처로 설정해 두었습니다. 서명은 온라인 명함과 같아서, 저는 일하는 상대를 파악할 수 있는 메일 서명을 무척 중요하게 생각해요. 그래서 서명을 미리 여러 개 만들어 저장해 두고 경우에 따라 골라서 쓴답니다. 상대방에게 제 개인 연락처를 공개하기 어려운 경우엔 관리자 서명을 빌려 쓰기도 하고, 제 이름·메일 주소가 있는 서명, 이름·연락처·메일 주소가 다 있는 서명을 메일에 따라 골라 가며 씁니다. 정말 아무것도 알려주고 싶지 않은 상대에게는 서명을 쓰지 않습니다.

메일함에서 꼭 짚고 넘어갈 중요한 요소는 분류 태그입니다. 아마 여러분도 클라우드에서 과제를 분류할 때 다르게 표시하겠지요? 저는 메일을 여러 개 태그로 분류해 두는데요. 개인 메일함에는 '출판사, 음악 레이블, 행사, 앨범, 세금, 개인 서신, 거절하거나 미룬 일'처럼 제가 하는 일에 따라 분류한 총 7개의 대분류와 19개의 소분류 태그가 있습니다.

공식 메일함에는 '진행 중, 종료, 세금, 팬레터, 거절하거나 미룬 일' 5개의 대분류와 7개의 소분류 태그가 있습니다. 태그는 각각 다른 색으로 설정했습니다(지메일에서 태그 만들기·태그 색 설정이 가능합니다). 양쪽 메일함 모두에 있는 '거절하거나 미룬 일' 태그는 언젠가 제게 업무 요청이 끊길 때를 대비해 만든 태그입니다.

일은 다양한 이유로 거절합니다. 대부분은 스케줄 문제로 거절하거나 다음으로 미룰 때가 많고, 일을 하고 받게 될 금액이 너무 적을 때는 제 생각을 얘기하고 협의하거나 협의가 결렬되면 거절합니다. 의뢰하는 상대방의 태도나 업무 내용이 너무나 끔찍한 경우가 아니라면 저는 항상 '열린 거절'을 합니다. 열린 거절이 뭐냐고요? 꼭 하고 싶은 일이지만 스케줄이 맞지 않을 때 '다음에 2개월 정도 여유를 두고 의뢰해 주시면 꼭 참여하겠다'고 약속하거나, '이번엔 어렵지만 시기를 살펴보고 먼저 연락드리겠다'고 제안을 하는 방법이랍니다. 이렇게 열린 거절을 하면 상대방이 잊지 않고 다시 연락을 주거나, 제가 먼저 연락을 해도 그리 당황하지 않더라고요.

지금은 1년 치 스케줄이 연초에 정해질 정도로 일이 많지만, 이십 대의 대부분은 그 어떤 요청도 받지 못했기 때문에 일이 있을 만한 곳을 찾아 많이 돌아다녔습니다. 그 누구도 시키지 않은 일을 혼자 기획하고 이곳저곳에 제안하면서요. 지금도 갑자기 스케줄이 길게 비거나, 새로운 일의 아이디어가 없을 땐 '거절하거나 미룬 일' 메일함에서 놓친 것이 없는지 살펴보고 연락해 볼 만한 곳을 찾아 먼저 일을 제안합니다. 열린 거절과 역제안은 앞으로도 프리랜서 생활을 잘해 나가기 위한 저의 중요한 생존 전략이랍니다.

'휘리릭 짠!'은 기록과 기억으로부터

영화 <인사이드 아웃>에 등장하는 다섯 가지 감정이 한 사람의 머릿속에서 여러 기억을 분류하는 걸 보면서, 가로세로 2미터의 ㄷ자 안에 앉아 이것저것 분류하는 제 모습과 비슷하다고 생각했습니다. 다만 저는 다섯이 아니라 한 명이지만요. 창작도 어느 순간 갑자기 떠오른 영감으로 '휘리릭 짠!' 하고 나오는 게 아니라 꼼꼼히 기록하고 분류한 기억을 발판 삼아 자연스럽게 날아오르는 것 같습니다.

사실 저는 포스트잇보다 외장 하드보다 메일보다 노트 메모를 가장 많이 하고, 항상 노트를 몸에 지니고 다니며 씁니다. 노트의 모든 면을 이미지로 기억할 정도로 자주 들여다보고요. 어떨 땐 '와, 한 시간 만에 이런 곡을 만들다니!', '와, 하루 만에 이런 글을 쓰다니!' 하며 스스로의 천재성에 취할 때도 있긴 합니다만, 이 모든 '휘리릭 짠!'은 평소에 해 둔 수많은 기록과 기억에서 나왔다고 생각합니다. 이 기록과 기억을 재빨리 꺼내기 위해 책상과 서랍 정리, 그리고 문서 분류가 필수지요.

처음 공과금 고지서를 받았을 때, 처음 계약서를 받았을 때, 처음 앨범을 냈을 때, 첫 책을 냈을 때, 처음 메일 관리자를 고용했을 때, 처음 마주한 일들은 장기기억으로 남아 오랫동안 그때의 감정을 기억하게 합니다. 저는 그때마다 기쁨보다는 놀라움을 더 크게 느꼈던 것 같습니다. 경험이 늘어서인지 지금은 어떤 상황에도 그다지 놀라지 않지만, 누군가 사회와 사회생활에서 놀라운 일과 처음 마주쳤을 때 조금이나마 안정을 찾는 데 이 글이 도움이 되기를 바랍니다.

자, 그럼 저는 이제 퇴근할게요!

각고 소중한 살림 꿀팁

tip

최적의 책상 컨디션을 돕는

살림살이

1. 포스트잇을 뭉치에서 뗄 때 아래에서 위로 들어 올리며 떼면 포스트잇을 붙였을 때 아랫부분이 벙벙 뜨게 됩니다. 옆에서부터 뜯어서 쓰면 벙벙 뜨지 않아요!
2. 전자기기를 공중 부양 시켜주는 암(arm)은 여러 종류가 있습니다. 모니터 암, 노트북 암, 스마트폰·스마트패드 암도 있더군요. 저는 노트북 암 덕분에 책상을 좀 더 넓게 쓸 수 있어 무척 만족하고 있습니다.
3. 오른쪽에 따로 숫자키가 있는 키보드는 계산할 일이 많은 프리랜서 업무에 큰 도움이 됩니다. 은행이나 우체국 직원분들이 멋지게 사용하는 바로 그 키보드 말이지요. 막상 제가 원하는 모델에는 오른쪽 숫자 키보드가 없어서 저는 계산기를 따로 쓰고 있지만요…….
4. 글 쓸 때 옛날 타자기처럼 탁탁거리는 소리를 듣고 싶어 처음엔 청축 키보드를 썼습니다만, 공동 작업실이다 보니 옆 사람이 시끄러워하기에 적축 키보드로 바꿨습니다. 사실 저도 처음에만 탁탁거리는 소리가 좋았

고, 점점 귀가 피로해지던 참이었습니다.

5. 지워지는 볼펜이 처음 나왔을 때 너무 좋아서 발명한 사람에게 꼭 감사 인사를 전하고 싶었답니다. 제 필통에는 아이패드 펜슬 하나, 연필 하나, 지워지는 볼펜(4색) 하나, 만년필감의(만년필 아님) 검은 펜 하나가 들어 있습니다. 지워지는 볼펜은 입국 심사지 쓸 때 가장 편리함을 느낍니다(영어 스펠링을 자꾸 틀리는 탓에).

예술 노동자의 책상

오른쪽 서랍 안의 문구들

신예희

혼자 살고 혼자 일하는 프리랜서. 《돈지랄의 기쁨과 슬픔》을 썼다. 만화를 그리고 글을 쓰며 강연과 방송을 한다. 마음의 평화를 위해 오늘도 식물을 돌보고, 바닥에 떨어진 머리카락을 줍는다.

정신을 차려 보니
식물러가 되어 있었다

식물, 좋아요!

반려 식물과 생활한 지 어느새 8년. 커피 잔을 손에 쥐고 거실을 눈으로 훑으니 온 사방이 초록초록하다. 어찌나 잘 자라는지, 아예 천장에 닿아 구부러진 식물도 있다. 정글이다. 어쩌다 이렇게 된 거지? 나는 처음부터 식물이 좋아서 집에 들여놓은 게 아니다. 그저 오며 가며 하나둘 화분을 사 왔을 뿐인데 정신을 차려 보니 식물러가 되어 있었다.

꿈꾸었던 독립생활은 쉽지 않았다. 내가 하지 않으면 아무것도 되어 있는 게 없었다. 설거지, 쓰레기 치우기, 관리비 납부, 냉장고 정리, 빨래, 화장실 물청소……. 부모님과 함께 살 때 가벼운 마음으로 산뜻하게 하루를 시작할 수 있었던 건 살림의 대부분을 부모님이 해결해 주셨기 때문이란 걸 그제야 알았다. 참 늦게도 깨달았다. 역시 겪어 보기 전엔 모른다. 아휴, 당장 방바닥의 머리카락부터 주워야지 안 되겠네.

그렇게 정신 바짝 차리고 살림도 꾸리고 일도 하기 시작하면서 한동안 정신없이 바빴는데, 그러는 동안 내 마음을 돌보는 건 자꾸 뒤로 미루었다. 매일의 내 기분에 소홀한 사이 조금씩 우울해졌고, 어느새 그 감정에 내가 잡아먹히는 것 같았다. 이대로 괜찮은 걸까? 그 무렵, 문득 혼자 사는 내 집의 거실이 너무 휑하고 창문은 너무 커다랗다는 생각이 들었다. 그러자 더 외로워졌고, 저 빈 곳을 어서 채워야겠다는 생각에 마음이 급해져 결국 생전 길러 본 적 없는 식물을 집에 들여놓게 되었다.

시작은 그랬다. 시간이 흘렀고, 지금은 많은 게 달라졌다. 식물은 내가 바쁘든 말든, 우울하고 외롭든 말든 사정을 봐주지 않는다. 햇볕과 물과 바람을 요구한다. 만약 식물이 말을 할 줄 안다면 엄청나게 시끄러울 것이다. "야, 물 줘!"

다행히 말없는 그들을 위해 실내 온도를 신경 써서 조절하고, 흙이 말랐는지 축축한지 체크하고, 누렇게 마른 잎을 정리하는 사이 마음이 살금살금 연해진다. 머릿속을 온통 사로잡았던 온갖 골치 아픈 생각에서 잠시 벗어나게 된다. 식물은 그렇게 나에게 쉼표가 되어 주었다.

마음속의 안개가 걷히고 나니 천천히 주변의 식물이 눈에 들어오고, 자꾸만 참견하고 싶어진다. 입이 근질거린다. 아니, 저건 잎이 너무 누렇게 떴는데? 오, 저건 우리 집에도 있는 건데 되게 잘 자라네! 그렇게 동네 식당의 식물과 살짝 교감을 시도해 보기도 한다. 무심히 지나치던 식물 가게 앞에서 자꾸만 발이 멈춘다. 여행을 가면 그곳의 식물이 궁금해진다. 세계가 확장된다. 그래서 저는 여러분께 목놓아 부르짖는 겁니다. 식물, 좋아요!

꽤 괜찮은 나들이 코스가 요기 있네?

식물은 어디에서 사야 할까? 애초에 원하는 게 딱 있다면 인터넷 쇼핑몰에서 주문해 택배로 받으면 편하다. 대표적인 식물 오픈 마켓으론 엑스플랜트(www.xplant.co.kr)가 있다. 식물계의 쿠팡 같은 곳인데, 이 글을 쓰다 말고 괜히 접속했다가 나도 모르게 한 시간이 지나 버렸다. 무서운 곳이다!

하지만 이왕이면 직접 보고 고르는 게 훨씬 재미있다. 생각도 못 한 식물에 확 꽂힐 수도 있다. 가까운 곳에 분명 식물 가게가 있을 것이다. 비닐하우스 형태의 화원도 흔하다. 동네 대형 마트의 식물 코너도 의외로 괜찮은데, 어지간해선 잘 죽지 않는 튼튼한 품종 위주로 판다. 햇볕이 들지 않고 환기도 잘 되지 않는 마트에서도 잘 지낼 정도다. 가격도 싼데, 먹을 것 장을 보러 갔다가 요것도 살까 하며 가볍게 집어 들고 올 만하다.

내 첫 식물도 집 근처 이마트 출신이다. 8년 전, 벵갈 고무나무와 셀로움, 아레카야자를 차례로 사 왔다. 다들 지금도 잘 지낸다. 특히 아레카야자는 천장을 뚫을 기세로 쑥쑥 자라더니 결국 닿아서 구부러졌다. 볼 때마다 웃음이 나온다. '야, 너 출세했다! 우리 집에 오길 잘했지?'

만약 더 널찍한 곳에서 다양한 식물을 실컷 보고 싶다면 도매 시장에 과감히 진출해 보자. 서울과 수도권의 경우 양재꽃시장과 종로꽃시장, 조인폴리아, 더그린가든센터 등이 있다. 꽤 괜찮은 나들이가 될 것이다.

이 식물은 제가 관리하겠습니다!

식물의 성격은 사람만큼이나 다양하다. 잘 챙겨 주지 않고 무심하게 대했는데도 잘 자라 주어 고맙고 미안한 것도 있고, 하나부터 열까지 수발을 들어야 하는 세상 까다로운 것도 있다. 처음부터 너무 어려운 식물에 도전하면 아무래도 실패할 확률이 높고, 처음 한두 번의 실패로 식물 기르기에서 멀어질 수도 있다. 하지만 세상엔 너무 많은 식물이 있고, 당장 내가 누구에게 확 꽃힐지 아직 알 수 없다는 게 문제다.

그러니 마음에 쏙 든 식물 한 가지와, 어지간한 환경에서도 잘 자라는 식물 한 가지를 함께 기르는 게 마음 편하다. 그럼 최소한 둘 중 하나는 살아남겠… 죠……? 이런 튼튼한 식물로는 셀로움, 콩고, 몬스테라, 스킨답서스 등을 추천한다. 모두 새잎이 금방금방 나오는 편이라 보는 재미가 있다. 돌돌 말려 있던 새잎이 하루에 요만큼씩 서서히 펴지는 기쁨!

화분을 놓아둘 공간이 부족하거나 물 주는 게 좀 부담스럽다면 아예 물에 담가서 키우는 방법도 있다. 수경재배 또는 물꽂이라고 한다. 식물의 가지나 줄기를 잘라 수돗물에 담가 두면 뿌리가 천천히 자라나는데, 가끔 깨끗한 물로 갈아 주면 훨씬 좋다. 깨끗이 씻은 잼 병, 소스 병, 유리잔, 투명한 테이크아웃 음료 컵 등 별의별 곳에다 기를 수 있다. 심지어 큼직한 소라 껍데기나 둥그런 계란 껍데기에다 물꽂이를 하는 사람도 봤다. 굉장한 상상력이다.

초보자가 가장 고민하는 건 아마도 물을 얼마나 자주, 얼마나 많이 주어야 하느냐일 것이다. 으아, 어떡하지! 같은 식물을 두고도 다들 다양한 의견을 내놓는다. 마치 인터넷으로 옷이나 신발을 사는 일 같다. 사이즈가 고민되어 구매 후기를 쭉 읽어보면 커요, 작아요, 길어요, 짧아요, 제각각이다. 체형이 다르니 어쩔 수 없다. 식물도 그렇다. 식물의 크기, 화분의 폭과 깊이, 실내 온도와 습도, 통풍, 햇볕의 양 등 변수가 너무 많다. 그러니, 우선은 식물 판매자가 알려준 물 주기 방법을 기본으로 삼아 놓고, 계속 들여다보며 파악하는 수밖에 없다. 내 식물의 마음은 내가 제일 잘 읽어 내겠다는 마음으로.

중요한 건 물이 과하면 안 된다는 것이다. 보통은 흙이 말라 있을 때 물을 주는 게 좋은데, 눈으로 봐선 마른 것 같아도 손가락을 흙 속에 넣어 보면 여전히 축축할 때가 있다. 애매하고 헷갈릴 땐 하루 이틀 정도는 더 기다려 보자.

식물은 물이 부족해서 죽는 경우보단 물이 너무 과해서 죽는 경우가 훨씬 많다. 정말 정말 많다. 흙 속 뿌리가 오랫동안 축축하게 젖은 채로 있다가 슬슬 썩기 시작하는 것이다. 바싹 마른 식물은 잘 돌보면 살아날 수도 있는데, 뿌리가 썩은 건 곧 바이바이다. 종일 하염없이 비가 내리는 장마철엔 평소의 주기보다 더 가끔, 더 조금 준다. 이미 공기 중에 습기가 가득하니까. 겨울철에도 조금 부족하다 싶게 준다. 식물은 대부분 겨울엔 성장을 잠시 멈추고 휴식하기 때문에 평소와 같은 양의 물을 소화하기 힘들어 한다. 자는 사람 굳이 깨워서 억지로 밥을 먹여 봤자 좋은 소리 못 듣는 거랑 비슷하다.

그래서 식물은 혼자 관리하는 게 좋다. 물 주기든 분갈이든

뭐든, 한 명이 방향키를 딱 잡고 컨트롤하는 게 좋다. 그래야 물은 언제 줬는지, 바람이 부족하진 않은지, 지난주보다 어째 시들시들한 건 아닌지 좀 더 빨리 파악하고 대처할 수 있다. 반려동물도 비슷한데, 말이 통하질 않으니 나 없는 사이 밥은 먹었는지 산책은 다녀왔는지 물어볼 수가 없다. 자칫하면 밥을 두 배로 주게 된다. 그래도 동물은 평소보다 좀 과식했다고 해서 당장 큰일이 나진 않는데, 식물은 큰일이 날 수 있다. 다른 가족이 이미 물을 충분히 준 걸 모르고 한 번 더 흠뻑 주었다가 뿌리가 썩을 수도 있으니까.

사무실이나 카페, 건물 로비 같은 공용 공간의 식물은 얼핏 보면 그럴싸하지만 사실은 골골거리는 경우가 많은데, 지나가는 사람들이 마시던 물이나 음료 같은 걸 주르륵 붓는 일이 자주 있어서다. 식물에 문제가 있어 보여도 누군가 알아서 관리하겠거니 하며 미루고 방치하기도 한다. 결국, 핵심은 커뮤니케이션이다. “이 식물은 제가 관리하겠습니다!” 라고 가족들에게, 이 구역의 구성원들에게 선언하자.

함께하는 바로 이 순간의 소중함

그런데 내 식물의 상태가 어째 좀 별로라면 어떻게 해야 할까? 나라면, 그동안 바람을 충분히 맞게 해 주었는지 생각해 보겠다. 지금은 화분에 담겨 자라고 있지만, 식물이란 원래 야외에서 햇볕과 비와 바람을 실컷 맞으며 자라는 존재다. 내 공간에서 가장 부족한 건 아마도 바람일 것이다. 실내 환기를 위해 잠깐 창문을 열었다 닫는 정도론 충분하지 않으니, 화분을 창가에 두고 창문을 살짝 열어 계속 바람이 통하게 해 주거나 휴대용 선풍기, 에어 서큘레이터 등을 활용하면 도움될 것이다(흙이 펄펄 날리지 않도록 각도를 조절하자).

통풍과 물 주기는 한 세트다. 뿌리가 물을 충분히 빨아들이고 나면 흙 속의 남은 수분이 얼른 말라야 하는데, 그러려면 바람이 필요하다. 흙이 하염없이 축축한 채로 있으면 뿌리가 썩기 쉽고 벌레가 생기기도 좋은 환경이 되어 버린다. 제대로 바싹 말리지 않은 빨래에서 고약한 냄새가 나는 거랑 비슷하다.

어떻습니까! 식물이란 생각보다 쉬워 보이기도, 어려워 보이기도 하죠! 나의 반려 식물은 내 책임이다. 책임질 존재가 생긴다는 건 부담이며 기쁨이다. 어느 날은 부담의 감정이, 어느 날은 기쁨의 감정이 더 크게 다가온다. 식물은 언젠가는 수명을 다할 것이다. 내 집에서, 내 방에서, 작거나 큰 화분에 담겨 조용히 자라다 서서히 떠날 것이다. 혹은 내가 서툴러서, 부주의해서, 바빠서 신경을 쓰지 못한 사이에 순식간에 죽기도 한다. 아쉽고

슬프다. 하지만 그렇다고 하더라도 절대, 절대, 절대 식물이 죽고 사는 일에 나를 지나치게 집어넣으면 안 된다. 기르던 식물이 비실거린다고 해서 내 인생이 실패한 게 아니다.

미국 작가 오 헨리의 단편소설 <마지막 잎새>엔 한 장 한 장 떨어지는 낙엽에 지나치게 감정 이입한 나머지 잎이 모두 져버리면 자신도 죽을 거라며 절망하는 인물이 등장한다. 하이고 이 사람아, 무슨 소리를 하는 거야! 내가 그 자리에 있었다면 등짝을 한 대 쳤을 것이다. 우리의 식물을 아끼고 사랑하되, 과하게 몰입할 시간에 창문을 열어 환기나 한 번 더 하자. 식물은 그걸 훨씬 더 좋아할 것이다. 식물과 함께하는 바로 지금, 이 순간을 즐기자고요.

작고 소중한 살림 꿀팁

tip

도전!

분갈이!

분갈이를 하는 이유는 보통 둘 중 하나다. 식물이 꽤 잘 자라 어느새 화분에 비해 몸집이 커졌다 싶을 때 여유 있는 크기의 화분에 옮겨 심는다. 혹은, 기존의 화분이 아무래도 마음에 들지 않아 더 근사한 거로 바꾸고 싶어서다. 어느 쪽이든 꽤 설레는 일이다.

하지만 섣불리 도전했다가 식물 상태가 확 나빠지는 경우도 있다. 분갈이는 말하자면 새집으로 이사 가는 것인데, 이사라는 걸 생각만 해도 벌써 피곤해진다. 버릴 것 버리고, 정리할 것 정리하고, 새집에 들어가 또 정리하고 쓸고 닦고 우당탕쿵탕……. 아마 며칠은 끙끙 몸살을 앓을 것이다. 식물도 분갈이를 겪으면 몸살을 앓는다. 오랫동안 적응하고 살던 흙에서 뽑혀 나와 새 흙에 심어지니 어리둥절한데, 그렇잖아도 상태가 좋지 않았다면 분갈이 몸살을 겪으며 갑자기 잎이 몽땅 떨어진다거나 축 처지거나 심지어 영영 돌아오지 못할 강을 건널 수도 있다. 안 돼!

그러니까 분갈이는, 딱 봐도 건강해 보이는 식물을, 날씨가 참 따뜻하고 화창하고 과하게 습하지도 건조하지도 않을 때 해야 한다. 보통은 봄과 가을처럼 인간에게도 쾌적하고 편안한 계절이 딱이다. 한여름은 너무 덥고 습해서, 한겨울은 춥고 건조해서 식물이 잔뜩 지쳐 있을 것이다.

분갈이를 하다 보면 어쩔 수 없이 흙먼지가 날리고 청소할 거리가 잔뜩 생긴다(아마 공기청정기가 웽웽 돌아갈 것이다). 어떻게든 최대한 치우기 쉽게, 일을 크게 벌이지 않는 게 좋다. 내가 사는 집의 거실엔 베란다 공간이 없어 거실에서 영차 영차 분갈이를 하는데, 김장 매트의 도움을 엄청나게 받는다. 김장 매트란 애초에 배추와 양념을 잔뜩 쌓아 두고 김상하는 용도로 나온 물건인데 분갈이에도 그만이다. 단면은 원형이고 빙 둘러 가며 벽이 쳐진 형태라 거실에 짝 펴 놓고 모든 작업을 그 안에서 하면 된다. 청소가 한결 쉬워진다.

새로운 화분엔 어떤 흙을 넣어야 할까? 널린 게 흙인데, 대충 퍼다 쓸까? 곤란하다. 온갖 벌레와 세균이 듬뿍 딸려 올 것이다. 화분 안에서만 얌전히 살면 모르겠지만 결국엔 밖으로 스멀스멀 기어 나와 온 집 안으로 퍼진다. 나는 잊을 만하면 거실 곳곳에서 말라 죽기 직전의 지렁이를 발견한다. 아마도 큼직한 떡갈고무나무 화분에서 나온 모양인데, 그걸 판 식물 가게에서 깨끗하지 않은 흙을 대충 퍼다 썼을 것이다. 지렁이는 무슨 죄야!

그러니 꼭 제대로 된 흙을 사야 한다. 어지간한 식물에 두루두루 쓸 수 있는 기본 흙을 '상토'라고 한다. 인터넷 검색을 하면 다양한 상토가 나오는데, '한아름' 상표가 유명하다. 상토엔 비료 성분이 섞여 있어 영양제 역할도 한다. 분갈이를 위해 마련한 화분 크기를 고려해 부족하지 않게 상토를 주문하자. 여기에 목장갑 한 켤레, 자그마한 모종삽이면 어지간한 분갈이는 다 할 수 있다.

분갈이가 부담스럽고 걱정된다면 기다려도 된다. 무리하고 서두를 필요 없다. 지금 모습으로 쭉 키우며 몇 계절을 보낸 다음에 슬슬 다시 분갈이를 고민해도 된다. 그사이 알게 모르게 요령과 지식이 생겼을 것이다. 매일 애정을 가지고 들여다보는 사람만 알 수 있는, 딱 내 식물에 맞춤한 요령과 지식. 시간은 누구에게나 공평하게 흐른다. 아마 당신도, 정신을 차려 보니 나처럼 식물러가 되어 있을 것이다.

끝으로 내가 식물을 키우면서 많은 도움을 받은 콘텐츠를 소개한다.

- 팟캐스트 '임이랑의 식물수다'. 특히 101~104회는 초보자를 위한 특집 방송이니 꼭 듣자!
- 유튜브 '신시아 TV', '식물집사독일카씨'.

식물러의 거실은 정글이 되었습니다.

윤덕원

밴드 브로콜리너마저에서 음악을 만들고 있습니다. 가족과 살림살이를 시작한 지 이제 만 10년이 지났습니다. 좀 더 좋은 사람이 되고자 하는 바람과 이렇게는 되지 말아야지 하는 안간힘으로 살아가고 있습니다.

작은 사람과 함께 넓어진 나의 세상

돌보기의 인수인계

안녕하세요, 노래 만드는 일을 하면서 아내와 아이와 함께 3인 가족으로 살고 있는 윤덕원입니다. 사실 저는 살림에 능하거나 저 자신만의 스킬을 가지고 있는 사람도 아니고 가족과 함께 살면서 제 몫의 살림을 충실히 하는지도 자신 없는 사람이에요. 하지만 제 경험과 생각을 나눔으로써 '살림'에 대해 여러분과 함께 이야기하고 싶어서 글을 씁니다. 어른이 되어 가는 과정에는 정말 많은 시행착오가 존재해요. 어떤 것들은 아무리 노력해도 피할 수 없지만 그렇지 않은 것도 있거든요.

저도 아직 부족한 것이 더 많지만, 때론 '이런 이야기를 들어보았다면 어땠을까?' 하고 생각하는 것들이 있어요. 그중에 하나가 어떻게 하면 나 자신을, (가족이 있다면) 가족을 잘 돌볼 수 있는지예요. 저는 지금 '함께 살면서 넓어진 우리의 공간'에 대해서 이야기하려고 합니다.

저의 살림 경험을 이야기하려면 자취 생활에서부터 출발해야겠네요. 많은 사람이 그렇듯 저도 대학에 입학한 스무 살에 자취를 시작했습니다. 처음으로 나만의 거주 공간이 생긴다는 생각에 설레기도 했지만, 살림의 고단함을 직접 느끼게 된 순간이기도 했지요. 이후에도 친척 집이나 여러 명이 함께 쓰는 자취방을 전전하면서 어떻게 살아야 하는지 잘 모르는 채로 시간을 보냈던 것 같아요. 일단 나만을 위한 안정된 공간이 없었죠. 그러다 보니 가방에 다 들어갈 정도의 짐만 꾸리게 되었고, 나 자신을 위한 물건과 생활 방식을 갖추기보다는 당장의 생존에 필요한 것들만을 가지고 살게 되었습니다. 빨래나 요리 같은 것들도 제대로 하기 어려웠지요.

새 학기가 시작될 때 이사를 많이 했는데요, 대체로 짐이 많지 않아서인지 제 주변에서도 큰 가방이나 리어카 하나만 빌려서 이사하는 경우가 많았습니다. 각자 사정들은 달랐겠지만 이런 학생들이 꽤 많았나 봐요. 자취방과 작은 식당들이 많은 사거리 쪽에는 리어카만 전문적으로 빌려주는 곳이 있을 정도였으니까요.

이상한 것은 이사를 다닐 때마다 새로운 공간에서의 어색한 시간이 그리 길지 않았다는 거예요. 사실 스무 살 무렵에는 모든 것이 불확실했고 불안정했기 때문에 거기서 머물 시간도 오래지 않을 거라고 생각했던 것 같아요. 하지만 꽤 오랫동안 한곳에 머물렀던 적도 있어요.

군대를 다녀와서야 처음으로 온전한 내 방을 얻었습니다. 빈 방을 보면서 내가 원하는 대로 무언가를 채워 나갈 수 있지 않을까 하는 기대감을 갖기도 했어요. 실제로 직접 요리를 해서 밥을 먹고, 원하는 방식으로 책상을 꾸며 보기도 했고요. 그때 녹음기나 음악 장비들을 어설프게 배치해 놓고 만들었던 노래들이 나중에 브로콜리너마저의 노래가 되기도 했으니까, 나름대로 의미 있는 시간이었습니다. 테이프 레코더를 놓고 〈편지〉의 데모를 만들면서 플루트 소리를 입력하던 기억이 납니다.

하지만 책상 하나, 침대 하나, 책장 하나 놓은 것만으로도 좁았던 그 공간은 점점 더 좁아져 갔어요. 하루하루 살면서 제대로 정리하지 못한 살림살이 때문에 점점 남루해져 갔지요. 돌아보니 그때는 공간이 너무 좁기도 했지만 그 속에서 어떻게 살아야 할지를 잘 몰랐던 것 같아요.

그러던 어느 날 밤, 자기 전에 방바닥을 닦다가 이런 생각을 했어요. '사는 게 끝없이 곰팡이가 피는 집을 닦는 일 같구나.'

자취방들은 왜 그렇게 벽과 모서리에 곰팡이가 생기는 걸까요. 아무리 노력해도 집은 더러워지고 치울 것은 생겨나더라고요. 물론 그 뒤에 이사한 조금 큰 집들도 비슷하기는 했지만요. '그런데 나는 어떻게 그런 걱정도 없이 따뜻하고 편안하게 어린 시절을 보냈을까?' 하고 생각해 보니, 결국 누군가가 나를 위해서 방바닥을 닦아 주고 있었더라고요. 그게 잘 보이지 않았기 때문에 제때 인수인계 받아서 저의 일로 만들지 못했던 거지요. 물론 이제 와서 드는 생각이지만요.

예전에는 그런 순간들이 꽤 고단했었나 봐요. 일기를 쓰거나 기록을 해 두는 편이 아닌데도, 곰팡이 핀 방을 걸레질하던 그날 밤의 기억은 오랫동안 선명하게 남아 있었어요.

잘 그린 선이 만드는 편리한 공간

결혼을 하면서 낡고 작은, 하지만 언덕에 있어서 전망이 좋은 다세대 주택으로 이사했습니다. 인터넷으로 주문해 만들었던 조립식 책장은 그럴듯하고 깔끔해 보였죠. 붙박이 장롱도 설치하고, 무독성 페인트로 벽도 칠했습니다.

참 신기하죠, 혼자 살던 자취방에서 둘이 사는 공간으로 이사했을 뿐인데 훨씬 더 많은 것을 할 수 있고 훨씬 더 많은 추억을 쌓을 수 있었으니까요. 방 하나는 책상이 있는 조그만 서재가 되었고, 거실에는 악기들을 배치해 두었습니다. 작업을 하거나 음악을 들을 수 있도록이요.

결혼기념일 선물로는 나무 공방에서 조그만 티백 보관용 선반을 주문했어요. 그 스케치북만 한 선반이 제가 구입한 기성품이 아닌 첫 번째 가구였답니다. 나를 위한 맞춤 제작 가구(가구라고 하기에는 작지만)를 갖는 일은 특별한 경험이었습니다. 가구를 많이 사 본 것은 아니지만, 가구를 살 때는 항상 필요한 용도에 맞는 가장 저렴한 것을 고르곤 했었어요. 그런데 결국은 내게 맞춰진 가구여야 더 오랫동안 잘 사용할 수 있고, 그것이 조금 비싸더라도 그만한 값어치를 한다는 사실을 알게 됐어요.

집이나 방의 구조가 내 공간을 나타내는 굵은 외곽선이라면 가구는 그 안에 그려진 섬세한 선과 같다고 생각해요. 우리는 그 선에 기대서 생활하는데, 잘 그려진 선이어야 살아가기에 더 편리한 공간이 되는 셈이죠. 상대적으로 엄청나게 비싼 집으로 그린 선보다(거기다 내 것도 아니고) 가구에 투자해서 좋은 선을 만드는 것이 더 효율적이라는 생각이 들어요. 물론 이것도 지나고 나서 돌아보니 그렇다는 것이지요. 어릴 때는 이런 생각을 하기가 쉽지 않았나 봐요. 그때 살림으로는 모든 게 다 너무 비쌌으니까요. 지금도 그렇긴 하지만요.

살 때는 제법 깔끔하고 예뻤던 이케아 조립식 책장은 묵직한 아이 책이 하나둘 쌓이기 시작하자 슬슬 휘어지고 부서지기 시작했습니다. 불법 증축한 베란다 천장에서는 물이 새고 곰팡이가 계속 슬었고요.

화장실 겸 욕실에는 친구가 준 플라스틱 욕조가 있었는데요. 이사하고 얼마 되지 않아 망원동의 친구 집 앞에서 마포구청역 너머의 우리 집까지 들고 왔던 기억이 나네요.

가벼웠기에 그만큼 내구성은 좋지 않았습니다. 물을 많이 받으면 네모난 욕조가 물의 무게 때문에 둥근 모양에 가깝게 살짝 휘어진 채로 힘을 받는 구조였거든요. 이 상태에서 들어가 앉아 있는 시간이 늘어나면 늘어날수록 바닥과 연결된 부분에 힘이 가해졌고, 조금씩 플라스틱이 틀어지기 시작한 것이죠. 욕조에 들어가 있으면 계속해서 수위가 내려간다는 것을 느끼고서야 이 사실을 알았습니다. 때로는 살짝 벌어진 플라스틱의 틈에 살을 집히기도 했어요. 그래도 완전히 망가지기 전까지, 그 욕조에 몸을 담그는 것은 저의 큰 낙이었습니다. 매일매일 아이를 씻기고 같이 놀기도 했으니까요.

따뜻한 방 안에 플라스틱으로 된 작은 대야를 놓고 병원에서 집으로 데려온 아이를 처음 씻기던 순간도 떠오르네요. 처음 머리를 감길 때 엄청나게 긴장했어요. 혹시나 아이를 떨어뜨리

진 않을까, 아이가 물을 먹거나 아이의 눈에 비누 거품이 들어가면 어쩌나 조심스러웠죠. 그때 그 방에는 언제나 음악이 흐르고 있었는데, 아내가 뮤지션 이한철 님의 음반 《작은 방》을 틀어 놓곤 했어요. <아름다워>라는 곡이 울려 퍼지던 그 방 안에는 햇살이 환하게 비추었고 노랫말과 어울리는 비누 냄새와 따끈한 수증기가 섞인 아름다운 공기가 가득했습니다. 지금 생각해도 꿈만 같네요.

아이가 조금씩 자라면서 목욕은 아까 언급했던 플라스틱 욕조에서 하게 되었는데요. 조금 번거롭지만 목욕을 하고 난 뒤에는 욕조를 씻어서 뒤집어 말리고, 욕실 바닥과 벽도 닦아 두었어요. 물기가 남아 있으면 냄새도 나고 물때도 빨리 끼게 되니까요. 욕실이나 부엌같이 물을 쓰는 곳은 사용한 후에 항상 사용 전 상태로 되돌려 놓아야 다음에 쓸 때 편합니다. 이게 아주 중요한 점이에요. 준비가 되어 있지 않으면 꼭 필요한 때에 사용하지 못하거나 머뭇거리게 되고, 그런 이유로 그 일에 조금씩 소홀해지거든요.

'설거짓거리가 가득해서 뭘 만들어 먹기는 힘들겠네.' 하고 끼니를 거르거나 대충 때우게 되고, 욕조에 생긴 물때나 더러운 배수구를 보면 씻기가 좀 꺼려질 때도 있으니까요. 혼자 살 때는 그런 귀찮음을 이기지 못했는데, 보살펴야 할 아이가 있으니까 조금은 달라진 듯합니다.

'아빠 비데'의 시기를 지나

아이를 씻기기 전에 기저귀를 가는 일도 중요했는데, 다행히 금방 익숙해졌어요. 기저귀를 가는 손놀림도 빨라야 하지만 아이의 배설물을 더럽다고 느끼지 않는 것이 더 중요한 것 같아요. 내 손을 더럽히지 않으려고 하면 손놀림도 자연히 굼떠지더라고요.

밖에서 기저귀를 갈 때는 물티슈를 요긴하게 사용했지만, 집에 있을 때는 기저귀로 기본적인 처리를 한 다음 따듯한 물로 엉덩이를 매번 닦아 줬어요. 비누를 사용하기보다는 물만으로 닦아 주었는데, 잘한 것인지 확신할 수는 없지만 다행히 피부에 자극이 강하지는 않았던 것 같아요. 농담 삼아 아이에게 "너 어릴 때 아빠가 손으로 응가 다 닦아 줬어."라고 이야기한 적이 있는데, 사실 농담이 아닌 셈이죠.

이 '아빠 비데'는 아이가 혼자서 변기에 앉을 때까지 계속됐는데요. 혹시 혼자서 볼일을 보고 뒤처리를 하는 게 늦어지는 건 아닐까 하는 걱정도 들었어요. 하지만 걱정한 것이 무색하게 알아서 잘해 내더라고요. 아이가 커 가며 새로운 것들을 익혀 가는 일에 어떻게 도움을 줘야 하는지에 대해서는 모든 양육자가 고민하겠지만, 저희 집의 경우에는 도전을 시키기보다는 아이가 편하게 할 수 있도록 기다려 주는 편이었는데, 그게 잘 맞았던 듯합니다.

태어난 날 바로 집으로 돌아온 아이는 한 번도 울지 않고 만 하루를 신비롭게 잠만 잤었는데요. 그런 신비로움도 잠시였고 곧 아이는 두세 시간마다 젖을 먹고, 자다가 깨서 울고, 다시 먹고, 볼일을 보는 시기를 보내게 되었습니다. 그때는 양육자들의 잠이 극도로 부족해지고, 한번 깬 아이는 잘 잠들지 않아서 무척 힘이 들지요.

젖병을 사용하는 게 익숙하지 않을 때 어설프게 탄 분유를 아이가 잘 먹지 않으면 왜 그런 걸까 하고 분유의 맛을 보기도 했던 기억이 납니다. 식어 버린 분유를 버릴 때면 되게 아깝게 느껴지기도 했고요. 분유가 비싸다는 이야기를 듣긴 했지만 아이를 키워 보니 정말 금방 떨어지고 가격도 만만치 않았어요. 왜 아기 키우는 분들이 "분윳값 벌러 나왔다."라고 이야기하는지 알게 되었습니다.

젖병은 보통 여러 개를 소독해 가며 쓰는데, 저희 집은 특이하게 한 개를 가지고 그때그때 씻어 말려가며 사용했어요. 특별한 이유가 있었다기보다 여러 개를 한 번에 준비해 두고 사용하는 것보다는 그쪽이 저희에게 맞았었나 봐요. 수유할 때 별문제는 없었지만 아이가 그 젖병에 대한 애착이 컸는지 꽤 큰 뒤에도 종종 젖병에 대해 이야기하곤 했습니다. 가끔 자다가 엉엉 울면서 일어나서는 젖병 생각이 난다고 할 정도였으니까요.

아주 어릴 때, 말도 못 하던 시기를 어린이들은 어른보다 더 잘 기억하고 있나 봐요. 농담인지 아닌지는 모르겠지만 여섯 살 때 아이가 이런 말을 했어요. 자기는 태어났을 때부터 지금까지를 다 기억한다고. 그게 아니라도 아이들은 어른들이 대수롭지 않게 넘긴 일들을 더 잘 기억하고 있더라고요. '아, 내가 그렇게 이야기했었나.' 하고 머쓱해질 때가 많아요.

어른이 된다는 것은, 누군가를 보살피는 입장이 될 가능성이 높아지는 일이라고 생각해요. 그리고 그 과정에서 '작은 사람들'에게 상처를 줄 가능성도 커지면서 좋은 사람이 되기란 점점 더 어려워지곤 합니다.

조금 부족해도, 최선을 다해 '우리'를 키워 갑니다

작게나마 반짝이던 우리의 집은 아이가 커 가면서 다시 좁아지기 시작했습니다. 일단 아이가 놀고 자고 먹는 공간이 점점 더 필요했고요. 아이를 위한 물건들이 늘어나기 시작했죠. 아이를 돌보는 일에 집중하다 보니 공간을 치우는 일이 뒷전이 될 때도 많았습니다. 정리되지 않은 공간은 다시 또 그 속에 사는 사람들을 지치게 하니까 악순환이 계속되었습니다.

상황은 좀 더 심각해졌는데, 아이가 만들고 줍고 가져온 모든 것이 집을 차지하게 된 것이죠. 부부가 모두 물건을 잘 버리지 못하고 챙겨 두는 편이었는데 어린이도 그렇게 자라더라고요. 작은 집에 골판지와 나뭇가지들과 종이 꾸러미들, 그리고 다이어(!) 같은 물건들이 쌓이면서 웬만하면 모든 것을 쟁여 두던 저도 한계에 도달했습니다. '이거 버려야 하지 않을까?' 하는 생각도 했지만 배우자의 의견은 달랐어요.

여기에 대해서는 꽤 오랫동안 불만이 있기도 했는데요, 최근에 아이와 함께 집을 정리하면서 버리지 않기를 잘했다는 생각이 들었어요. 아이도 저도, 자신의 역사를 스스로 돌아보고 어떤 것을 정리하고 어떤 것을 가져갈 것인가를 결정하는 경험을 하고 있는 셈이니까요. 어릴 때부터 스스로 그런 결정을 내린 어린이는 나중에 어른이 되어 집 정리를 어떻게 해야 할지 몰라 결국 미루고 마는 사람은 되지 않을 것 같아요.

반면 어린 시절 저는 집이란 저절로 정리되는 것이라고 생각했던 것 같아요. 물론 어떤 시점에서는 돌봄이 필요하고 어른들이 도와주어야 하지만, 자기 일로 마주하는 것은 완전히 다른 일이니까요. 저처럼 성인이 되어서 그 순간을 마주한다면 어쩌면 조금 늦은 일이 아닐까 하는 생각도 듭니다.

자취방을 전전할 때 마주했던, 곰팡이가 끝없이 생기는 방에 대해서 다시 생각해 봅니다. 가족이 생기고 아이가 생기면서, 수저와 살림도 늘어나고 공간도 더 넓어졌습니다. 조금 나아지는가 하면 다시 또 팍팍하게 되돌아가는 일들의 연속이었네요. 하지만 다른 사람과 함께 살게 되고 새롭게 태어난 아이와 지내면서 많은 것들을 느낍니다. 누군가를 위해서 노력하는 과정에서 더 잘 살 수 있게 된 것 같아요.

사실 나 자신을 돌보는 데에서 시작했어야 하겠지요. 하지만 '나와 우리를 돌보기'는 살아가며 계속해서 노력해야 할 일이라고 생각해요. 나무의 가지와 잎이 뻗어 나가려면 적당한 화분이 필요하다는 것을 느낍니다. 나의 욕심과 바람, 꿈들도 숨 쉴 공간이 필요하더라고요. 분갈이를 반복하면서 우리는 성장해 나아가겠지요. 계속해서 어딘가를 거쳐 가겠지만, 여러분의 거처가 의미 없이 임시로 지나치는 곳이 아니기를 바랍니다. 어느 순간에나 내가 머무는 곳이 내가 뿌리 내릴 터전이 되어야 좀 더 행복해질 수 있을 거예요. 물론 언제나 조금 부족하겠지만, 준비 없이 급하게 옮기는 것이 아니라 최선을 다해 나 자신을 키워 나갈 수 있다면 좋겠습니다.

작고 소중한 살림 꿀팁

tip

어린이의 의사를 존중하며 경청하기

어린이를 돌볼 때는 긴급하거나 필수적인 상황이 아니라면 대화를 통해서 함께 의사 결정을 내리는 것이 좋다고 생각해요. 아직 표현이 발달하지 않았고 아는 것이 없을 거라고 여기면서 아이의 의사를 무시한다면, 아이는 스스로 판단해서 행동할 기회를 잃어버리게 되겠지요. 부모님 또는 아이와 함께하는 어른이라면 아이에게 신뢰를 잃을 수도 있고요.

자기 의사를 어른들이 무시하거나 잘 몰라주는 바람에 속상했던 어린 시절의 기억이 다들 있지 않나요? 아주 작은 아기들도 그런 감정을 다 느끼거든요. 이런 일이 반복되면 서운한 마음을 표현하지 않게 되기도 하죠.

다행히 아이가 제게 "그때는 좀 그랬어……."라고 이야기해 줄 때가 있는데, 그럴 때면 마음이 철렁합니다. 시간이 한참 지난 후에 이미 변해 버린 것들은 돌아오지 않으니까요.

부모가 아니더라도 한 사람의 어른으로서 어린이와 소통하는 순간이 있을 거예요. 물론 아이들과 함께하면 생각대로 되지 않고 힘들 때도 많습니다. 대화가 잘 통하지 않으면 욱하기도 하고 짜증이 날 수도 있고요. 하지만 어린이들을 좀 더 이해하고 소통하는 어른이 되면 스스로 가장 행복해질 거라고 생각해요. 저는 이런 원칙을 가지고 아이와 속마음을 솔직하게 이야기하는 사이를(아직까지는) 유지하고 있는데, 앞으로도 이런 상태를 유지하는 것이 목표이기도 해요.

아 참, 그리고 이 과정에서 공동 양육자가 있다면 의견을 나누는 것도 중요합니다. 함께 양육하면서 서로 다른 방식으로 아이를 대하는 것보다는 의견 차이를 사전에 조율하고 어린이에게는 일관된 모습을 보여 주는 쪽이 좋았어요.

어린이의 물건들

송지현

소설집 한 권, 에세이 한 권을 출간했다. 봄이 오면 마음이 달떠 새로운 취미에 도전한다. 올해의 목표는 악기 배우기. 아직 어떤 악기를 배울지 정하지는 않았다. 매해 새로운 시도와 실패를 반복하며 지낸다. 실패도 새로우면 좋다는 생각이다.

고양이의 집사라면 무릇

사랑의 대상

사랑의 대상 또한 학습된다는 것을 나는 g를 통해 알게 되었다.

우리는 열 살이 되던 해에 처음 만났고(그 이전일 수도 있으나 g와의 기억은 그즈음부터 존재한다), 나는 이른 사춘기를 겪고 있었다. 그도 그럴 것이 아버지가 외국으로 떠났고, 얼마 뒤 동생이 태어났으며, 볕이 잘 드는 3층 집을 떠나 반지하로 이사를 간 때가 바로 그 무렵인 것이다.

게다가 다섯 살 때부터 키우던 개가 이사한 뒤 얼마 안 되어 죽었다. 처음 키운 반려동물이었다. 부모님은 내가 상처받을 것을 염려해 개의 죽음을 숨겼지만, 영원히 숨기지는 못했다. 나는 개가 묻혔다는 곳을 알아내서 파 보았다. 나의 흰색 푸들, 다롱이의 몸엔 구더기가 가득했다. 죽음과 잠의 차이를 알게 되었다. 뭔가에 계속 화가 났고, 그게 뭔지 몰라서 일단 내게 거짓말을 한 부모님을 미워했다. 집은 갓 태어난 동생의 울음소리로 가득했지만, 어쩐지 점점 텅 비어 가는 것만 같았다.

팽창하는 우주를 실감할 무렵, 학교에 가면 g가 있었다. 화장실을 가는 짧은 순간조차도 나는 g와 함께였다. 학교가 끝나면 g의 집으로 하교했다. 컴퓨터 게임에 빠진 g의 오빠는 우리에게 관심이 없었고, g의 부모님은 맞벌이를 하셨으므로, 우리는 둘만의 시간을 보낼 수 있었다. g의 방에 놓인 싱글 침대에 누워 수다를 떨다가 까무룩 잠이 들기도 했다. 어둑해질 무렵이면 g가 나를 집까지 데려다주었다. 귀갓길은 짧았고 우리의 이야기는 길었다. 끝나지 않은 이야기를 핑계 삼아 내가 다시 g를 데려다주고, g가 나를 데려다주다가 결국 우리는 중간 지점에서 헤어졌다. 이상한 건 그때 우리가 나눈 이야기들이 하나도 기억나지 않는다는 것이다.

g와 마지막으로 만난 건 불과 며칠 전으로, 우리는 g의 회사 근처에서 저녁을 먹고 g의 집으로 이동하기로 했다. g의 퇴근 시간은 6시 반이었고, g의 아이를 돌봐 주시는 분의 퇴근 시간이 7시 50분. 우리는 약 한 시간 동안 메뉴 세 개와 생맥주 두 잔씩을

빠르게 해치웠다. 어느 정도 배가 차서야 근황을 나눌 수 있었다. 아이 얘기, 일 얘기, 친구 얘기를 거쳐 우리에게 돌아온 이야기 주제는 결국 고양이. g도 나도 스무 살 때부터 고양이를 키웠고, 무지개다리를 건너 보낸 경험도 있었으며, 현재까지도 고양이종의 열렬한 팬이었다. g가 말했다.

"그런데 말야. 나는 내가 왜 이렇게 고양이를 좋아하는지 모르겠어."

"뭐? 나는 너 따라서 고양이 좋아하게 된 건데?"

g를 만나기 전까지 내게 반려동물이란 오로지 개였다. 고양이란 어떤 글자로만 존재하는 것이었다. 그러니까, 열 살까지 나는 고양이를 본 기억이 없다고나 할까, 아예 그 생물에 대해 인지 자체를 하지 못했던 것이다.

그런 나와 달리 g의 취향은 언제나 확고했다. "대학에 들어가면 나는 꼭 고양이를 키울 거야." g는 늘 그렇게 말했다. g는 아파트 화단에 사는 고양이부터 자동차 밑에 숨은 고양이까지, 가리지 않고 이름을 부르며 쫓아다녔다. 그 뒤를 덩달아 쫓다 보니 내 시야에도 고양이가 들어오기 시작했다. 길을 가다가 고양이가 보이면 나는 g를 생각했다. 그러다 보니 g를 생각하면 역으로 고양이가 떠오르기도 했다. 나는 부모님에게 말했다.

"대학에 들어가면 고양이를 키울 거야."

첫 고양이

우리 집에서 머문 첫 고양이는 치즈 태비였고 3일을 지내다가 다른 집에 입양되었다. 중학생 때였던 걸로 기억한다. 같은 반 친구가 동네를 돌아다니던 새끼고양이를 집에 데려갔다가 부모님의 반대를 이기지 못했다. 친구는 자신에게 며칠만 주어진다면 꼭 입양처를 찾을 수 있다고 말했다. 그 얘기를 듣고 나는 g를 떠올렸다. '어쩌면 치즈 태비가 g의 첫 고양이가 될지도 몰라!'

나는 쉬는 시간이 되자마자 복도 맨 끝에 있던 g의 교실까지 달려갔다. g는 기뻐했던 것 같다. 그리고 일주일 뒤, g는 고양이를 데리고 엉엉 울면서 우리 집까지 왔다. g의 부모님이 "아직 대학에 가지 않았기 때문"에 고양이를 키울 수 없다고 했던 것이다. 그리고 웬만하면 정이 들기 전에 얼른 다시 데려다주라고 했고, 갈 곳 없던 치즈 태비는 우리 집에 오게 됐다. 집은 어수선했다. 동생은 이제 다섯 살이었고, 당연히 엄마는 정신이 없었다.

"엄마…… 혹시, 나 고양이……."

"고양이 같은 소리 하고 있네. 이제 중학생 돼서 간신히 좀 철드나 했더니, 뭐, 고양이? 똥이며 오줌이며, 결국엔 내가 치우게 되겠지! 이놈의 집구석, 어지르는 사람이랑 치우는 사람은 따로 있지!"

그렇게 나는 키워 본다는 말도 못 한 채 치즈 태비와 3일을 보냈고, 친구는 입양처를 찾았다며 고양이를 데리러 왔다. 3일 동안 엄마의 눈치를 보느라 내겐 아쉬움보단 후련함이 남았는데, 의외로 엄마가 한 말은 이랬다.

"걔가 참 옷은 잘 입고 태어났어. 노란 줄무늬가 참 이뻤는데, 그치?"

엄마가 정이 들어 버린 모양이었다. 하지만, 당시 엄마가 꾸려 나가야 할 일은 정말 많았으니까. 엄마도 꾸려 나갈 수 있는 일과 없는 일을 정해야만 했겠지. 그렇게 나의 첫 고양이는 3일 만에 떠났다.

진짜 첫 고양이

스무 살이 되었다. 가·나군의 대학에 일찌감치 떨어져 나는 혼자 울면서 뒷산을 올랐다. g는 그사이 대학 합격 소식을 전해 왔다.

"고양이…… 곧 키우겠네."

"응…… 그래야지……."

g도 민망했는지 말이 늘어졌다. 그리고 며칠 뒤, 뒷산을 오

르다 합격자 조회 안내 메시지를 받고 나는 산을 뛰어 내려갔다. 인터넷 창에 처음 보는 단어가 적혀 있었다. 나는 엄마에게 전화해서 말했다.

"나 대학 가면 고양이 키운다고 했다."

그날 온 가족이 모여 소고기를 먹었다. 동생은 열한 살이었다. 이제야 좀 대화가 가능했고, 나는 소고기를 먹다 말고 동생에게 속삭였다.

"이제 우리 고양이랑 사는 거야."

동생이 환호했다.

9년 동안

20대는 끝없이 밀린 숙제 같았다. 지금도 에너지가 많은 편은 아닌데, 20대 때는 그게 더 희박했달까, 어쨌든 체력이 부족했다. 부족한 체력에도 해야 할 건 계속 밀려 있었다. 나는 자다 말고 아르바이트를 하러 갔고, 자다 말고 소설을 썼고, 자다 말고 집을 치웠다.

그중 제일 힘든 것은 집 치우는 일이었다. 아르바이트야 꾸역꾸역 가면 돈이 나오고, 소설이야 내가 선택한 미래 중 하나였지만, 집을 치우는 일은 그냥 사는 것이었다. 어떤 만족도 주지 않았음에도 계속 돌아오는 것. 시시포스의 마음으로 나는 치우고, 또 치웠다. 이렇게 말하니 깨끗하게 산 것 같지만 빨래도, 설거지도, 바닥 청소까지도 뭐 하나 잘하는 게(잘하고 싶은 게) 없었다. 내가 나를 키우는 것도 힘든 와중에 고양이까지 키울 순 없었다. 고양이는 본가에서, 나는 자취방에서 따로 지내기 시작했다.

잠깐 나의 '진짜' 첫 고양이에 대해 이야기하고 넘어가려 한다. 막상 고양이를 키우겠다고 마음먹었지만 뭘 어떻게 해야 하는지 모르고 있던 와중에 g가 사이트 하나를 알려주었다. 그곳에는 각양각색의 이유로 고양이를 키울 수 없는 사람들이 있었다. 그리고 나는 '킨'이라는 이름을 가진 러시안블루를 보자마자 꽂혔다. 스무 살, 1월 16일에 나는 킨과 만났다. 킨의 이름은 <스타워즈>의 '아나킨'에서 따온 것이라고, 킨을 키우던 사람이 말해 주었다. 그렇게 킨과의 생활이 시작되었다. 가족 모두 고양이와 처음 지내는지라 고양이의 행동 하나하나를 해석하는 데도 오래 걸렸다. 나는 책을 사서 읽고 가족들에게 알려 주었다.

"골골거리는 건 기분이 좋다는 거래. 토할 때 털 뭉치가 나올 수도 있대. 물을 싫어한대."

엄마는 연신, "개는 으르렁거리면 싫다는 건데 재는 또 좋다는 거래? 신기하기도 하네. 고양이는 어쩜 저렇게 조용할까? 개랑 다르게." 개와 다른 점을 찾아내고 있었다. 다행히 가족들은 동물을 좋아하는 편이었고, 빠르게 적응해 나갔다. 특히 동생은 개가 아니라 고양이를 키운다는 이유로 친구들에게 약간의 관심을 받는 모양이었다.

우리는 킨을 사랑했다. 정수기 필터를 갈러 온 아저씨가 9킬로그램이나 된 킨을 보고 깜짝 놀랐을 때에도 킨은 내 눈에 귀엽게만 보였다. 그리고 킨은 언제나 내 다리 사이에서만 잤다. 킨의 장기 중 하나는 내가 '뽀뽀'라고 말하면 내 입술에 코를 가져다 대는 것이었다. 킨은 이런 것도 할 줄 알았다. 울고 있을 때면 눈물을 핥아 먹는 일 같은 것. 고양이의 세계에도 위로라는 것이 있을까? 지금도 종종 생각하곤 한다.

나는 자취방을 구해서 지내다가 돈이 떨어지면 본가로 돌아가길 반복했다. 20대 내내 그랬다. 킨은 내가 잠시 집에 들를 때에도 내 다리 사이에서 잤고, 뽀뽀 개인기를 했고, 눈물을 핥아 주었다. 그런 킨의 모래를 갈아 주고 사료를 챙겨 준 것은 엄마였다. 그 사이 파양 위기에 처한 엄마 친구의 고양이까지 더해져 고양이는 두 마리로 늘었다. 엄마는 두 배로 힘들어졌고, 나는 고양이 두 마리의 사진을 찍어 페이스북 따위에 올리기 바빴다. 20대의 나는 제대로 사는 법을 몰랐고 제대로 사랑하는 법을 몰랐다. 물론 지금이라고 잘 아는 것은 아니지만, 그래도 조금씩 나아지고 있다고 생각한다.

킨은 내가 카페 마감 아르바이트를 하고 있을 때 죽었다. 고양이가 이상하다는 엄마의 말을 듣기 전까지 나는 본가에 갈 생각도 못 하고 있었다. 등단 1년 차였고, 돈은 계속 없었고, 일은 계속 밀렸다. 그래도 이렇게 지내면 언젠가는 좋은 집에서 킨과 함께 여유롭게 살 수 있겠지, 그런 어른이 될 수 있겠지, 생각했었다.

고양이의 시간은 나의 것처럼 느긋하게 흐르지 않았다. 킨을 동물 병원에 데려다 두었을 때도 나는 금세 호전될 거라고 생각했다. 그게 우리의 마지막일 거라고는 상상도 못 했다. 우리 가족은 한동안 털이 묻은 옷을 입을 때마다, 찢긴 소파를 볼 때마다, 소파 밑에서 나온 오뎅꼬치를 볼 때마다 울었다. 그리고 남은 고양이 한 마리는 어딘가에 틀어박혀 나오지 않았다.

다시 고양이

동생은 내게 이렇게 말했다.

"언니, 킨이 죽고 나서 보니 나는 청소년기를 다 킨이랑 보냈더라고. 그 시기를 떠올리면 언제나 기억 한쪽에는 킨이 있더라."

나의 20대에는 오직 나밖에 없었다. 무엇을 사랑하든 무책임했고, 그 끝은 후회뿐이었다. 다시는 고양이를, 동물을, 키우지 않을 거라고 결심하면서 30대가 되었다. 동생은 20대가 되어서 우리는 어느새 친구가 되었다. 나는 동생에게 내 인생의 마지막 고양이는 옷장에 틀어박혀 있는 우울증에 걸린 저 고양이 한 마리일 것이라고 말했다. 그래서 동생이 꼬리가 꺾인 새끼고양이를 임시로 보호한다고 했을 때 반대했다. 정말로 이제 다신 사랑하고 싶지 않다고 다짐하듯 말했다.

그러면서 4시간에 한 번씩 일어나 이유식을 먹이고 체온이 떨어질까 난방기를 체크했다. 나는 손바닥만 한 이 새끼고양이가 혼자서 배변할 수 있을 즈음에 입양처를 구하기 시작했다. 동생은 내가 못 이기는 척 키울 거라고 여겼는지 처음엔 입양처를 알아보는 데 열심이진 않았다. 그러다 내가 강경하게 나오자 결국 지인에게 맡기겠다고 했다.

나는 마지막으로 새끼고양이에게 예방 접종을 맞히고 오겠다며 집을 나섰다. 접종을 마치고 돌아오는 길에 잠시 주차를 하고 이동장에 있던 새끼고양이를 꺼냈다. 삐약삐약 어찌나 울어대던지 시끄러워서 도무지 운전에 집중할 수가 없었다. 새끼고양이는 내 손을 타고 올라 가슴에 쏙 들어갔다. 그러고는 조용히 골골댔다. 나는 나보다 조금 더 높은 체온을 잠시 느끼다가 동생에게 전화를 걸었다.

집에 돌아가자 동생이 나와 새끼고양이를 반겼다. 그리고 우

CAT

울증에 걸린 고양이가 어느새 거실에 나와 있었다. 우울증에 걸린 고양이는 새끼고양이를 격하게 핥았다. 그렇게 해서 우리는 다시 두 마리의 고양이와 함께 살게 되었다.

사랑의 방식

2년여간의 동해 생활에는 고양이 두 마리와 동생이 함께였다. 처음으로 부모님 없이 꾸려 나가는 살림이었다. 나는 이불 속까지 굴러다니는 모래를 수시로 청소했고, 어떤 옷들은 빨아도 빨아도 털이 사라지지 않는다는 것을 알게 되었다. 고양이들의 모래값과 사룟값을 벌어야 하니 일도 열심히 했다. 좋은 것을 먹이고 싶었고, 더 오래 함께하고 싶었다. 사랑이란 오래도록 함께하고 싶은 마음이라는 것도 알게 되었다. 그것을 깨달아 다시 서울로 돌아왔다. 돌아와서는 이제 정말 혼자 살기 위해 집을 구했다.

계약한 집은 원룸형 오피스텔이었다. 그 말을 듣고 가족들은 당부했다.

"고양이들은 두고 가라."

좁은 원룸에서 살게 될 고양이들을 염려한 말이었다. 그럼 원룸에 사는 인간은요. 나는 고양이보다 덩치도 크고 신피질도 잘 발달한 종인걸요. 그러거나 말거나 부모님과 동생은 오로지 고양이들만을 걱정했다. 엄마는 심지어 동해의 좁은 1.5룸에 살다가 방 세 개짜리 아파트에 오니 애들이 참 행복해 보인다는 말을 매일 했다. 아마 엄마와 동생 또한 대상을 곁에 두는 것으로 사랑의 방식이 변한 것이겠지.

그렇게 해서 현재, 나는 고양이 없이 혼자 살고 있다.

그래서 사실 '고양이 두 마리와 함께 살림하기'라는 주제로 청탁을 받았을 때 조금 망설였다. 고양이와 살림이라니, 아직 진짜 살림이라는 걸 꾸린 지 얼마 되지도 않았는데. 심지어 지금은 고양이도 없이 지내고 있는데.

그래도 나는 이 글을 꼭 쓰고 싶었다. 왜냐하면 고양이를 사랑하면서 너무나도 많은 것을 배웠기 때문이다. 아주 작은 사랑의 방식부터, 삶의 에너지가 얼마나 작은 것에서부터 시작되는지……. 그리고 이렇게까지 사랑할 수 있는 대상을 알게 해 준 g에게도 감사하다는 말을 꼭 전하고 싶었다. 물론 그것이 g가 내 자취방의 보증금을 빌려주어서만은 아니다……. 어쨌든 각설하고, 진짜 이 글을 쓰게 된 이유를 밝히며 마치려고 한다.

그것은, 책에 우리 고양이들을 그린 그림이 실린다는 말을 들었기 때문이다. 그리고 집사라면 무릇, 주인 자랑을 거절할 수 없는 일이다.

작고 소중한 살림 꿀팁

tip

집사들에게 전합니다

1. 두부 모래를 쓰면 우리 주인님들의 눈 건강을 지킬 수 있죠. 그리고 온 집안이 모래투성이가 되는 사막화 현상도 막을 수가 있답니다. 소량의 두부 모래는 물에 녹지만, 집마다 하수도 배관의 구조가 달라 다량을 한꺼번에 버리면 변기가 막히는 경우도 있다고 합니다. 버릴 때는 주의가 필요하겠지요? 고양이 모래 분리배출 방법은 지자체 조례에 따라 다르니 자세한 사항은 구청 또는 주민센터에 문의해 보세요.
2. 가만히 숨만 쉬어도 나가는 것이 돈입니다. 그런데 집사들은 주인님들이 숨 쉬기 위한 돈까지 벌어야 하죠. 사료와 모래와 건강 식품과 장난감……. 그리고 소파와 벽지도 아마 자주 갈아야 할 테고요. 그렇습니다. 건강할 때 많이 벌어 둡시다.
3. 주인님들이 쓰시는 시계는 우리의 것과 조금 달라요. 우리의 시간은 과감히 버리고 주인님들의 시간에 맞춥시다. 더 자주 시간을 함께 보내세요. 사진도 동영상도 많이 찍어 두세요. 이것은 집사 꿀팁이기도 하지만,

인생 꿀팁이기도 한 것 같아요. 우리 모두의 시계는 다르게 흐르고 있다는 거요.

두리와 보리

임진아

읽고 그리는 삽화가. 생활하며 쓰는 에세이스트. 누군가의 어느 날과 닮아 있는 순간을 그리거나 쓴다. 좋아하는 것이 있기에 스스로 감동받는 삶을 살고 있다.

집과 함께 숨 쉬기 위해
버려야 할 것과 남길 것

비어 있기에 채울 수 있다

잊을 만하면 들여다보는 게 있다. 바로 부동산 앱. 일하다가 집중력이 흐려졌다 싶으면 의자에 등을 기대고 잠시 쉰다. 그때 핸드폰을 들어서 보는 건 SNS가 아닌 오늘의 부동산 현황. 당장 이사할 계획이 있는 건 아닌데도 주기적으로 체크를 한다. '좋아하는 동네에 매물이 좀 나왔을까, 요즘 우리 동네에는 어떤 집이 비어 있을까, 혹시 내가 사는 빌라에 빈집이 생겼을까, 그렇다면 전세가가 올랐을까?' 하면서 지금 사는 서울을 시작으로 어떤 날은 제주도까지 둘러본다.

지도로 볼 수 있어서 마치 여행 같다. 사실상 한집에서 오래 살 수도 없을뿐더러, 마음대로 기간을 연장할 수 없다는 점에서는 여행과 비슷할지도 모르겠다. 그렇게 떠돌이의 마음으로, 과거엔 발로 다녀야만 알 수 있던 정보를 편한 자세로 알아본다.

나의 훗날에 대해선 아무것도 확신할 수 없다. 무심코 본 동네에서 언젠가 살게 될지도 모른다. 지금 사는 동네는 좋아하는 빵집이 있는 마을이었다. 버스를 타고 지나갈 일이 있으면 부러 내려서 빵 하나를 덜렁 사서 빠져나오던 낯선 동네에서 지금은 매일 지내고 있다. 특별하던 빵은 이제 일상이 되었다.

그렇기에 모든 동네를 '언젠가'의 시선으로 바라본다. 지도 속에서 왔다 갔다 하면서 '여기서 산다면 어떨까?' 하는 질문을 시작으로 근처에 산책할 만한 곳은 있는지, 산다면 어떤 기분일지를 상상해 보면서, 마음에 드는 매물을 발견하면 괜히 별표 표시를 해 둔다. 비어 있기에 좋아 보이는 방들에 내 모습을 그려 넣으며 구경하다 보면, 그 속의 나와 눈이 마주치며 현실로 돌아오게 된다. '열심히 살아야겠다!' 하는 기운이 자연스레 감돌며 허리를 꼿꼿하게 세우면서 하다 만 일을 다시 쳐다본다.

생각해 보면 어렸을 때부터 집 분양 전단지 보는 걸 좋아했다. 요즘은 좀처럼 보기 힘든 전단지다. 신문 속에 부록처럼 끼워져 있었는데, 내 눈에는 그저 반짝이는 종이에 인쇄된 집 그림들로만 보였다. 내 방으로 가져와 색연필 하나 집고 집 도면을 내려다봤다. 마음대로 집을 꾸미게 될 언젠가를 상상하느라 어찌나 재미있던지.

초등학교에 입학하고서 3학년 때까진 근사한 나만의 방이 있었는데, 그 이후부턴 내 방이 없는 학창 시절을 보내서인지 빈 방 그림 보는 걸 그렇게 좋아했다. 선으로만 표시되어 있는 집 도면 속에 책상을 그려 넣기도, 소파를 그려 넣기도 했다. '여기는 인형만 있는 방, 여기는 노래만 부르는 방' 하며 쓰리룸을 싱겁게 채워 나갔다. 그중 가장 큰 방에 사람 하나가 웃으면서 서 있다. 그게 나였다. 방이 없던 어린 임진아는, 큰 방에 웃는 나를 채워 넣으며 어떤 생각을 했을까. 언젠가는 이런 집의 주인공이 될지도 모른다고 생각했을까.

하지만 어린 나는 몰랐다. 그로부터 한참이 지나야, 대학도 졸업하고 세 번의 회사를 퇴사하고 나서야, 그제야 나 홀로 빈집에서 시작해 보는 어른이 된다는 것을. 또한 마음에 드는 빈집을 만나는 일은 생각보다 쉽지 않다는 것과 그곳을 채우며 사는 일이 재미있으려면 마음을 좀 단단히 먹어야 한다는 사실을 말이다. 하지만 분명한 게 있다. 비어 있기에 채울 수 있다. 비어 있어야만 채울 수가 있다. 비어 있는 집 도면처럼. 나는 빈집을 만나고 나서야 알게 되었다. 무엇을 채우고 싶은지를, 무엇을 수납할지 말지를. 그리고 이 결정은 새로운 인생을 시작하는 분명한 기회가 된다는 것을.

빈집과 빈 냉장고

빈집에는 가장 먼저 내가 채워졌고, 그다음에 생활에 필요한 것들이 차례차례 채워졌다. 나와 거의 동시에 채워진 건 냉장고였다.

개인이 하나의 냉장고를 운용하며 사는 일은 쉽지 않다. 나만의 냉장고를 갖는다는 건, 내가 나를 먹여 살린다는 걸 의미한다. 그 안에 요즘의 내 식문화가, 더 나아가 마음 상태까지 고스란히 들어 있다.

가족과 살 때는 냉장고에 음식을 자주 숨겼다. 누군가가 분명히 먹기 때문이었다. 엄마가 사 둔 간식을 생각하며 학교에서 종일 싱글벙글하며 시계만 봤는데 집에 뛰어가서 보니 없다든가, 혼자 먹으려고 산 빵을 아무도 모를 것 같은 오래된 검정 비닐봉지 뒤에 몰래 숨겼는데도 어김없이 오빠가 먹어 버렸다든가, "냉장고에 자두 사 놨어. 와서 먹어라.^^" 하는 오빠의 문자 메시지에 신나게 귀가했는데 남아 있는 건 먹고 남은 자두 씨들과 딱 한 알의 자두뿐이었다든가. 이런 일은 굳이 일기에 쓰지 않아도 될 만큼 흔한 이야기였다. 단지 이런 흔해 빠진 에피소드만으로 나만의 냉장고를 꿈꿨던 건 아니다.

"냉장고에 뭐가 들었는지를 전부 알고 싶어. 내가 아는 것들만 들어 있으면 좋겠어."

어느 날 친구에게 했던 말이다. 친구는, "진짜! 뭐 있는지 다 알고 싶다, 진짜!" 하며 맞장구를 쳐 주었다.

막상 빈집에서 빈 냉장고로 시작해 보니 그건 생각보다 꽤 신경 쓰이는 일이었다. 처음 냉장고를 채울 때만 해도 행복했다. 앞으로 테이블을 꾸며 줄 것들을 마음껏 샀다. 어떻게 해 먹을지에 대한 생각보다는 일단 냉장고에 넣어 두고 싶다는 생각만이 가득했다. 당장 먹고 싶다는 생각으로 신중치 못하게 장바구니를 채웠다. '언젠가 먹으면 되니까.'라는 생각은, 실은 '한 번쯤 이런 걸 냉장고에 넣어 보고 싶었어.'에 가까웠다. 그렇다 보니 크다고 생각했던 냉장고는 너무나 쉽게 좁아졌다. 혼자 감당할 수 있는 식재료의 양은 생각보다 적었고, 대부분의 음식물은 기대했던 것보다 훨씬 빠르게 안녕을 고했다.

냉장고는 오늘 채워진 것에 영원의 값을 부여하는 물건이 아니다. 그저 전기를 쓰는 수납장일 뿐이고, 수납하게 될 물건의 종류는 우리 집에 있는 물건 중 가장 싱싱하면서도, 유통기한과 보관일을 신경 써서 살펴야 하는 음식인 것이다.

살기 위해서는 매일 먹어야 한다. 물론 매일 삼시 세끼를 해 먹지 않아도 된다. 먹고 싶은 게 있으면 몇 분 안에 도착하는 세상이니까. 전화로 주문하는 게 어렵고, 또 낯선 사람에게 음식을 건네받는 게 무서워서 배달 음식을 멀리했던 나날도 이제는 옛 이야기가 되었다. 누워서 먹고 싶은 걸 주문하면 몇 분 뒤에 현관문 앞에 놓여 있다.

하지만 매일 그렇게 먹을 수는 없다. 잘 먹고 잘 쉬는 일이 삶의 메인이다 보니, 배달 음식만으로는 그다지 유쾌하지가 않다. 게다가 배달로 받은 일회용기를 씻고 버리는 것도 일이다. 한 끼만 주문한 것뿐인데 플라스틱 쓰레기가 몇 개나 생기는 걸 보면 추가 달린 것처럼 마음이 무거워진다. 한 번뿐인 쓰임으로, 내가 모르는 곳에서 언제까지든, 어쩌면 내 삶보다 길게 나뒹굴 얇은 그릇들. 이런 걸 생각하면 진짜 좀 미칠 것 같다. 바쁜 날에는 어쩔 수 없이 배달 음식이지만, 이런 밥이 지속되면 죄책감이 상당해서 똥 싸는 일조차도 죄스러워진다.

대부분의 끼니는 장을 봐서 해 먹게 되었다. 마음속과 뱃속이 편하고 또 자연스럽게 웃기 위해서 대부분의 끼니는 장을 봐서 해 먹으려고 한다. 입에 맞는 음식을, 적당한 양으로 만들어 먹을 수 있다는 점이 좋다. 무엇보다 제철 채소를 챙겨 먹을 수 있는데, 그것들을 씹으면 그제야 좀 살아 있는 것 같다. 나는 고기보다 채소, 채소보다 과일을 좋아하는 사람이니까. 우리 집에 싱싱한 과실이 놓여 있는 걸 보면 좋고, 냉장고에 제철 채소가 들어차 있는 게 좋다. 집은 제철 채소를 만나기 가장 쉬운 장소다.

그런데 계속 좋으려면 냉장고를 그저 믿기만 해서는 안 되고, 냉장고에 들어 있는 것들을 잊으면 안 된다. 냉장고 속에서 안녕을 고한 채소들을 내 손으로 치우며 이 사실을 알게 되었다. 나처럼 그들도 이 집에 살고 있다고 생각해야 한다. 세탁기 버튼만 누르면 빨래가 완성되는데 그게 무슨 대단한 일이냐고 말하는 게 바보 같은 말인 것처럼, 냉장고도 어느 정도는 그렇다.

냉장고는 숨을 쉰다. 나와 집도 그렇다. 너무 많은 음식이 들어 있으면 숨을 잘 쉬지 못한다. 결국 꽉 들어찬 음식들은 제대로 보관되지 못하고 동시다발로 기운을 잃는다. 또, 하나의 음식이 너무 오래 들어 있으면 결국은 그게 무엇이든 상해 버린다. 상하지 않더라도 냉장고에 들어간 순간, 먹고 싶은 마음을 어느 정도 잃는다. 먹다 남은 피자를 또다시 냉동실에 넣으면서도 나는 안다. 언젠가 차갑게 식은 무표정의 얼굴로 버릴 거라는 걸.

한동안 존재 자체를 잊고 있던 한 덩이의 채소는 자신이 갖고 있던 미량의 수분으로 새로운 싹을 내거나 몸을 부풀리기 마련인데, 이제 안 되겠다 싶을 때 모든 것을 포기해 버리고 끈적한 물로 변한다. 마치 결코 읽고 싶지 않은, 결말이 슬픈 동화 같다. 끈적함에 닿은 다른 음식물들 또한 차례차례 자신의 물기를 포기하게 된다. 냉장고 속의 음식물이 모습을 잃는 방식은 참 제각각이다. 그 모습을 보고 싶지 않다면 가장 설렐 때 먹어야 한다. 먹어 치우는 게 아닌, 먹고 싶을 때 먹기. 냉장고 속의 장면은, 요즘의 내 기분을 그대로 표현한다.

채소를 샀다면 채소의 성질에 맞게 보관해야 한다. 손질을 하고, 세척이 필요하면 세척을 하고, 물에 닿지 않는 편이 좋다면 신문지에 싸고, 알맞는 칸에 넣어야 한다. 내가 산 것을, 그에 맞게끔 다뤄야만 한다. 그리고 잊지 않아야 한다. 내가 산 게 이 안에 있음을. 지금 먹고 싶은 음식은 우선 냉장고라는 한정적인 수납장 안에서 찾아야 한다. 그래야만 나의 식생활과 냉장고의 오늘이 보기 좋게 순환할 수 있다. 냉장고라는 수납장은 '책장과 다이닝 테이블과 식탁과 신발장과 또 그것들이 모두 있는 집'과 그다지 다르지 않다. 결국은 모든 것에 자주 눈을 두어야 한다. 신경을 써야만 한다.

빈집에서 시작할 때의 나는, 좋아하는 것을 일단 채우는 것에 만족했다. 감당은 훗날의 나에게 주어졌다. 독립 첫날, 밥만 지어서 엄마가 싸 준 반찬에 밥을 먹을 때 내내 싱크대 수챗구멍만 생각했다. 방금 비닐을 뜯은, 너무나 새것인 그 통에 음식물 쓰레기를 넣고 싶지 않았다. 밥을 다 먹어 갈 때 작은 건더기까지 모두 입으로 털어 넣었더랬다. 어차피 수챗구멍이란 건 음식물 쓰레기가 당연히 고이는 곳인데, 그때는 왜 그리 아끼려 했던 건지. 더럽히지 않는 게 중요한 게 아니라, 매일 위생적으로 관리하느냐가 중요한 건데 말이다. 그때를 생각하면 웃음이 나온다. 앞으로 마주할 거대한 살림을 알지 못한 채, 눈앞의 할 일만으로도 작아지던 모습이 나에게도 존재했다니.

부엌의 살림은, 부엌에 놓인 모든 것이 알맞게 지내게 하는 일이다. 부엌살림의 시작은 무얼 먹을지 고민하는 것이고, 끝은 수챗구멍을 다시 뽀득뽀득하게 닦는 것이다. 끝과 시작이 바뀌어도 말이 된다. 어떻게 숨을 쉴 것인지 자주 묻는 게 중요하다. 자주 쓰고 좋아하는 식기는 쉽게 손이 닿는 곳에 늘 두고, 가끔의 물건일수록 멀리 수납하면서. 어떻게 사는지가 그곳에 잘 스며들어 있을 때, 매일 익숙하고 편하게 살림을 할 수 있게 된다. 나를 살게 하는 것들이 부엌과 냉장고에 모여 있다. 그래서 어떤 수집은 오래 보관되기도, 빨리 먹어 없어지기도 한다.

좋아하는 것을 가까이에 두기 위해서는

뽀득뽀득해져야 하는 건 매일 물기가 닿는 부엌만의 이야기가 아니다. 집안 살림은 냉장고를 대하듯이 이루어져야 한다. 냉장고에는 내가 고른 음식물이 들어 있다. 그중에는 먹고 싶어서 산 것도 있고, 살기 위해 먹어야 하는 것도 있고, 매일 나를 살리는 것도 있고, 내가 남긴 것도, 다음을 위해 보관하는 것도 있다.

매일이 이어지도록 하는 것들이 들어 있다는 점에서, 집의 모습과 닮았다.

나만의 냉장고 운용하기와 집 가꾸기의 비슷한 점이 또 하나 있다. 좋아하고 먹고 싶은 것을 눈에 띄게 진열하듯이, 나의 집에도 곳곳에 좋아하는 물건이 가장 가깝게 놓여 있다. 반대로 관심이 덜 가는 건 눈에 덜 보이도록 수납했다. 요즘 나에게는 옷이 그렇다. 프리랜서가 되고부터 옷을 사는 횟수가 현저히 줄었다. 산 옷을 오래 입고, 중고 옷을 종종 산다. 새로 만들어진 게 아닌, 이미 지구상에 존재하는 옷을 또 한 번 입을 때 느끼는 혼자만의 쾌감이 있다. 지구에서 돌고 도는 옷의 모습이 그려진다.

사실 옷을 늘리지 않은 데에는 더 뚜렷한 이유가 있다. 옷을 잘 정리하는 게 여전히 어렵기만 하고 또 의욕도 없어서, 옷이 늘어난다는 건 어깨를 무겁게 만드는 일이 된다. 집에 놀러 온 친구가 옷은 어디 있냐고 물어볼 정도로 우리 집에는 옷이 안 보이게 숨어 있고, 옷장도 크지 않다. 작지만 힘써 주는 옷장에게 늘 고맙다.

그렇다면 좋아하는 물건을 볼 수 있도록 도와주는 건 무얼까. 집에서 가장 좋아하는 가구는 단연 책장이다. 옷장보다 몇 배나 크고 많다. 심지어 집에도 있고, 작업실에도 있다. 거실방에는 책을 꽂아서 정리하는 기본 책장과 책방 진열장처럼 표지를 보이게 진열할 수 있는 선반 책장, 이렇게 두 종류의 책장이 있다. 표지를 계속 보고 싶은 책이나, 새로운 책은 세워서 표지가 보이도록 정리해 둔다. 침실에도 작은 책장을 따로 두었다. 자기 전에만 읽게 되는 책이 있으니까.

책은 잘 보여야만 있는 걸 알고, 알아야만 자주 손이 간다. 거실방의 다이닝 테이블에 앉으면 한쪽 의자에서는 책 표지가 보이는 책장이, 한쪽 의자에서는 기본 책장이 보인다. 책이란 건 펼쳤을 때 비로소 이야기를 만나게 되는 물성이 있지만, 그 자체로도 메시지를 준다고 믿기에 집 곳곳에 책장을 마련해 둔 것이다.

보기만 하면 금방 기운을 차릴 수 있는 것들을 수시로 마주보고 싶다. 우리 집에서만큼은 당당하게 표지를 자랑하며 서 있는, 요즘 좋아하는 책을 보면서 오늘 자 한마디를 얻고 싶다. 어떤 책들은 딱 몇 권만 들어가는 작은 나무 케이스에 꽂아 두었다. 꽂아 둔 책들은 그저 필요하거나 읽히는 책일 뿐인데, 케이스 안에 넣은 책을 바라보면 '요즘의 나'라는 상태 메시지를 보는 듯하다. 때에 맞춰서 책들을 바꾸면서 요즘의 나를 나에게 보여 준다.

책방에 가는 걸 좋아하는 것도 비슷한 마음. 책방 산책은 어쩌면 내 것이 될지도 모를 이야기를 일단 마주 보는 경험이다. 무엇 때문에 답답한지도 모른 채 기운이 내려가는 날에는 책방으로 향한다. 나와 맞든, 맞지 않든 간에 갖가지 기운들을 가만히 느낀다. 책의 저자들도 어느 날은 마음이 가라앉고 갈팡질팡한 일상을 보낼지라도, 조금씩 기운을 내고 이따금씩 뾰족해져서 힘을 냈을 것이다. 그렇게 만들어진 이야기들이 책의 모양으로 책방 여기저기에 자리하고 있다. 그래서 책들을 보면 힘이 나는 건지도. 나도 다시 한 번 시도해 볼까 하는 마음을 챙기게 된다.

그렇게 만난 한 권의 책을 조금씩 집 안에 모으면서, 나를 일으킬 '보기' 하나를 더한다. 좋아하기에 자주 눈에 두도록 하는 건 어쩌면 마음이 힘든 날을 위한 안전장치인지도 모른다. 좋아하는 걸 가까이에 두기 위해서는, 좋아하는 모양으로 놓아 두어야 한다. 그러지 않으면 안전장치가 아니라 오히려 쉽사리 하루를 포기하고 싶은 이유가 된다.

책이란 건 제자리에 꽂혀 있을 때 책다운 책처럼 보인다. 책은 책장을 벗어나면 쌓기 좋은 짐이고, 먼지를 열심히 모은 종이뭉치가 된다. 나는 정말로 정리를 잘 못 하는 사람이어서, 아무리 아끼는 물건들이라 할지라도 이대로 가다간 얘네들한테 잡아먹힐지도 모른다고 생각하는 지경까지 간 적이 있다.

이제야 그것들에게 미안하지 않게 정리하게 되었다. 냉장고 안을 다 알고 싶어 하듯이, 내 집의 오늘 모습을 이해해야 그 안에서 어지럽지 않게 지낼 수 있다. 수집만 잘할 뿐, 알맞은 수납에는 꾸준히 부족한 나였다는 걸 이제는 완전히 인정했다.

집이라는 스노볼 안에서 유영하기

수집이란, 모으고 또 모은다는 뜻이다. 거기에는 제대로 보관하라는 말이 포함되어 있지 않다. 세상에, 모을 '수'에 모을 '집'이라는 한자로 '수집'이란 단어를 만들다니! 어쩌면 나처럼 일단 사 모으는 데에 혈안이 된 사람이 만든 단어인지도 모르겠다. 포도 '포'에 포도 '도'로 단어 '포도'를 만든 사람이 같은 사람인지도 모른다. 여담이지만, 둘 중에서 고른다면 포도 '도'가 더 맛있게 생긴 것 같다.

내가 생각하는 수집의 뜻은 '다음은 모르겠고 나에게 필요하다고 생각한다면 당연히 찾아서 모아야지.'였다. 이후의 낱말은 알아서 찾으면 된다고 생각했는데 그 수습 과정이 꽤 길고 벅찼다. 모으고 모으는 수집에서 이어져야 하는 게 무얼까. 모은다는 건, 한데 합친다는 걸 말한다. 어떻게 합치고 싶은지 다시 한 번 질문을 던져 보자. 내 공간을 좋아하는 것으로 채우되, 임시라도 적당한 선을 정해 두는 일이 우선되어야 한다. 그 선을 정해 주는 건 적당한 가구다.

몇 해 전, 도쿄 아트북 페어에 참가했던 한 지인이 해 준 말이 있다. 행사 내내 같은 사람이 부스에 찾아오는 경우가 한국과 다른 나라에 비해 많았는데, 그저 다시 구경하기 위해서 방문한 경우도 있겠지만, 사고 싶은 책이 생기면 일단 집으로 돌아가서 자기 집의 책장 상태를 본 후에 다시 사러 온 사람도 있었다고 한다.

이 이야기를 듣고 그간의 내 행동을 꽤 반성했다. 사실 반성보다는 '뭘 그렇게까지?' 하고 생각했던 것도 같다. '자기 집의 빈틈 정도도 모르나?' 싶다가도, 실은 나도 무언가를 살 때 비슷한 게 집에 있는지 다시 보고 싶어 했던 게 기억났다. 게다가 오늘 사 온 책을 꺼내지도 않고 한동안 가방 속에 두거나, 최근 산 책이 모여 있는 탑 위에 그대로 얹어 두는 경우도 태반이었다. 북 페어에서 산 책들이 든 봉투를 몇 달 동안 풀지 않고 그대로 방치하곤 했으니까. '이게 뭐였지? 아!' 하면서 이마를 툭 치고서 다시 그대로 놔두곤 했다.

세상에는 책을 살 때 책장에 넣을 생각도 안 하고 사는 사람이 있는가 하면, 자신의 집과 책장 사정을 가늠해 보고 다음 날 다시 돌아와 고민하는 사람이 있다. 여전히 전자의 습관이 남아 있긴 하지만, 요즘 나는 적어도 우리 집의 빈칸 현황에 대해서는 알고 지내는 사람이 되었다.

코로나로 집에서의 생활이 계속되면서 책도 늘어났다. 궁금하면 일단 사 보는 성격은 좀처럼 없어지지 않아서 인터넷으로 표지만 본 외국 서적을 한 달에 몇 번씩 사들인다. 대부분 잡지거나 실용서이고, 분류하기 애매한 이상한 책들이다. 이게 최근 나의 수집 대상이고, 집에서 이루어지는 유쾌한 취미다. 즐거움을 유지하기 위해서는 냉장고처럼 자주 들여다봐야 한다. 보기 편하게 분류해야 하고, 먼지가 쌓이진 않았는지 가까이 쳐다봐야 한다.

새로운 걸 들이고, 사용하고, 또 새롭게 들이고, 자기 자리가 생기고, 어느 날은 가까이에 두고, 또 어느 날은 가방에 넣어 나가고, 집에서 다시 제자리에 돌아가고, 또 언젠가는 누군가에게 보내면서 온갖 물건들은 우리 집에서 언제나 유영하고 있다. 계속 흔들고 있는 스노볼처럼 말이다. 나는 그 안에서 혼자 열심히 몸을 움직여 대며 집 안을 보기 좋게 뒤흔든다.

원래 살림에는 끝이 없는 게 당연하다. 한 집안을 이루어 살아가는 일이 단편적일 리 없다. 준비한 밥을 먹어 볼까 하고 앉으면 아까 돌린 세탁기 소리가 들리고, 이제 좀 누워서 쉬어 볼까 하면 바닥에 머리카락이 보인다. 설거지를 다 하고 들어오면 어제 쓰던 물 잔 하나가 그제야 눈에 들어오고, 아침에 일어나면 어제 쓴 식기들이 물기를 싹 빼고 나를 기다리고 있다.

당연하다. 내가 여기에 살고 있으니까. 그 안에서 즐거워지는 것에 가까이 눈을 두고, 가능하면 조금씩 다르고 비슷하게 정리하며 매번 다르게 뽀득뽀득해지고 싶다. 부지런히 좋아하는 장면을 갈아 끼우고, 한때의 부풀었던 마음을 자주 기억하면서, 동시에 나를 살리고 싶다.

★ 작고 소중한 살림 꿀팁 ★

tip

수집은 나의 여러 모습을 모으는 일

1. 수집의 횟수는 중요하지 않다, 즐거운지가 중요하다

수집에는 괜한 편견이 깃들어 있다. 무언가에 빠져 있거나, 매달려 있거나, 열중하거나, 자주 그것에 돈을 쓰거나 하는 모습 말이다. 다시 말하지만 수집에는 그런 의미가 포함되어 있지 않다. 모으고 또 모으면 되는 일이다. 두 개 정도여도 상관이 없다.

중요한 건, 요즘 무엇을 모으고 싶어 하는지를 아는 것. 좋아하는 게 있다는 건 기쁜 일이다. 나는 일평생 오늘 자 관심사가 호기심의 레이더에 매일 걸리는 인생을 살아서 몰랐는데, 좋아하는 게 없어서 고민이라는 친구 말을 듣고 충격을 받은 적이 있다. 걔는 오래 사귄 내 짝꿍인데, 한때 깊게 빠진 남자 뮤지션이 있어 한동안 열광하고 지낸 내게 한다는 말이 글쎄 "부럽다, 좋겠다."였다. 부럽다는 건 그 정도로 좋아하는 게 있다는 게 '부럽다'였고, 좋겠다는 건 너처럼 열정적으로 좋아하는 팬이 있어서 그 뮤지션은 참 '좋겠다'였다.

수집은 어차피 취미 선에서 하는 거니 억지로 힘을 낼 필요는 없다. 그러다가도 '이건 절대로 사야 해!'라는 메시지가 마음에 켜지면 모든 일을 제쳐 버리게 된다. 방 안에 앉아 혼자 땀을 흘리면서, 모처럼 신중한 표정으로 검색하고 있는 내 모습은, 실은 내가 꽤 좋아하는 모습 중 하나다. 사지 않더라도, 좋아하는 걸 사려고 찾아보는 자기 모습 자체를 자주 모아 보는 것도 하나의 수집이 되지 않을까.

2. 기왕이면 어려울수록 기쁘다

고등학생 때부터 시디를 모았던 나는, 지금도 가끔 시디를 산다. 좋아하는 앨범을 손으로 잡고 차근차근 넘겨 보며 듣는 일은 여전히 각별하다. 앨범을 구입하는 건 어렵지 않다. 어렵게 앨범을 구할 수밖에 없는 뮤지션을 좋아하는 게 문제다. 이 세상에는 아직도 스트리밍조차되지 않고, 구매 방법도 쉽지 않고, 게다가 한정판이라서 금방 사라질지도 모르는 앨범이란 게 존재한다. 그런 걸 구할 때 기쁘다. 기왕이면 기쁘게 수집하고 싶다. 그런 뮤지션을 좋아하는 게 문제라고 말하면서도 웃고 있다. 내 방에 한데 합치게 하는 방법이 어려울수록, 수집하는 사람은 웃는 법이다.

어려웠기에 더 크게 웃었던 시디 하나가 있다. 몇 해 전에 좋아하는 뮤지션이 오랜만에 정규 앨범을 냈는데, 그 앨범을 구하는 건 그다지 어렵지 않았지만 서비스 앨범으로 나온 믹스가 있던 것이다. 소속 레이블의 홈페이지에서만 한정 판매 중이었는데 문제는 바다 건너의 나라라는 것이었다.

그때 평생 나를 지배하던 귀찮음을 물리치고 일본어로 메일을 보냈다. 다

랜턴 퍼레이드의 열 번째 앨범(2015). 시디에는 '조용한 밤을 위한 랜턴 퍼레이드'라는 테마가 적혀 있다.

행히도 구입할 수가 있었다. 해외 배송은 원래 하지 않지만, 해외 배송비를 내기만 하면 가능한 일이었다. 답장에는 "500엔 상당의 열쇠고리 굿즈가 있습니다. 그것을 두 개, 카트에 추가해 결제해 주세요. 배송료로 쓰입니다."라고 쓰여 있었다. 그러니까 열쇠고리 굿즈 두 개를 담아 결제를 한다 해도, 그 열쇠고리는 도착하지 않는다는 것이었다. 세 개를 담으면 하나가 도착할까? 상상했지만 그대로 두 개를 담았다. 열쇠고리 두 개 상당의 돈은 한국으로 날아오는 사이 비행기에서 뿌려졌고, 내가 원하는 그 믹스 시디는 나에게 도착했다. 노력하지 않았다면 절대 들을 수 없는 곡이 그 안에 들어 있었다. 원하는 것이 있어서 행한다면, 언젠가 만날 수 있다. 이것은 수집의 신이 선사한 기쁨이다.

임진아 손님 어서 오세요,
임진아 사장입니다.

3. 집에서만큼은 가게 주인이 되어 보자

가게를 하나 꾸린다면 어떤 가게를 꾸리고 싶은지 고민한 적이 있다. 나는 역시 내가 갖고 싶은 걸 진열해 두고, 손님이 물어보면 "그건, 아직 안 파는데요……." 하고 꾸물거리는 가게 주인이 될 것 같다. 그런 가게를 차릴 리가 없으니, 집에서만큼은 가게 주인의 마음으로 내 물건들을 돌본다. 오늘의 추천 메뉴가 있듯이, 오늘의 추천 진열이 있다. 그것은 책이나 컵이 될 수도 있고, 음악 앨범이, 그림이 되기도 한다. 손님인 내가 보기에 좀 질렸다 싶거나, 환기가 필요하다 싶으면 진열할 물건을 바꿔 준다. 내가 모은 것들에게 미안하지 않게, 주인공이 되게 해 주는 일. 나는 이 집에서 그런 주인이고 싶다. 아, 이렇게 유유자적한 가게 유지가 또 있을까.

4. 생활에 도움 되는 물건을 수집해 보자

이를테면 코스터. 나의 테이블과 작업 책상에는 언제나 코스터가 있다. 코스터를 위해 마련한 바구니에 차곡차곡 모여 있다. 테이블에 앉아 무언가를 마실 때는 언제나 코스터 바구니로 손을 뻗는다. 코스터라는 건 나무 테이블에 흠집을 내지 않기 위해 사용하지만, 흠집이 나는 건 아무래도 상관이 없다. 코스터 위에 컵을 올리면 예쁘다. 기분이 좋아진다. 그래서 내일이면 다른 코스터를 골라서 사용하고 싶고, 어떤 컵과 어떤 코스터가 어울리는지를 즐겁게 비교하고 싶다. 패브릭으로 된 코스터를 선호하는 편인데, 물기를 금방 흡수하고 세척이나 건조가 쉽기 때문이다. 게다가 코스터는 얇고 가벼워서 마음껏 수집할 수가 있다. 가끔 기분 전환을 하고 싶을 때 양말 한 켤레를 사듯이, 계절에 어울리거나 내가 가지고 있지 않은 색감과 재질의 코스터를 모은다. 생활에 도움이 되는 물건을 수집하는 기분은 몇 배나 더 즐겁다.

마음에 드는
코스터가 가득한 바구니

5. 한 가지만 좋더라도, 오래 보고 싶다면 사자

수집의 좋은 점은, 모았기에 두고두고 볼 수 있다는 점이다. 자주 볼수록 수집하길 잘한 셈이 된다. 내가 무언가를 수집하는 목적은 보고 싶을 때 보기 위해서이기도 하다. 특히 실용서라는 건, 실질적인 도움을 받기보다는 분명한 기운을 받으려고 보는 책이다. 그 기운은 단 한 장의 사진만으로도 충분하다. 다른 페이지는 잘 모르겠는데, 자꾸만 보게 되는 사진 한 장이 있다면 일단 사 두는 게 어떨까. 몇 해 후에 혹은 더 긴 시간이 지나서 다시 보면 당시의 내가 느껴진다. '얘는 이런 걸 좋아했구나.' 하는 마음으로, 그 어떤 기록보다도 그 시절의 나를 들여다볼 수 있다.

수집의 좋은 점은, 좋아하는 걸 스스로 인정해 주는 마음을 내 공간에서 바라볼 수 있다는 점이다. 무언가를 좋아하는 마음이 날이 갈수록 세밀해지는 걸 발견하는 일. 수집은 결국 나의 여러 모습을 모으는 일이다.

지금은 살림력을 키울 시간입니다

1판 1쇄 발행일 2021년 6월 7일
1판 3쇄 발행일 2021년 11월 29일

지은이 금정연 모호연 송지현 신예희 윤덕원 이랑 임진아 정용준 홍상지

발행인 김학원
발행처 (주)휴머니스트출판그룹
출판등록 제313-2007-000007호(2007년 1월 5일)
주소 (03991) 서울시 마포구 동교로23길 76(연남동)
전화 02-335-4422 **팩스** 02-334-3427
저자·독자 서비스 humanist@humanistbooks.com
홈페이지 www.humanistbooks.com
유튜브 youtube.com/user/humanistma **포스트** post.naver.com/hmcv
페이스북 facebook.com/hmcv2001 **인스타그램** @humanist_insta

편집주간 황서현 **편집** 김나윤 **디자인** 유주현 **일러스트** 김다예(@iamdykim)
용지 화인페이퍼 **인쇄·제본** 정민문화사

ISBN 979-11-6080-655-7 43810